U0944865

KAI'S DIARY

凯哥日记

一个加拿大人的重庆战“疫”

［加］王凯（Jorah Kai） 著
李南 译

新世界出版社
NEW WORLD PRESS

图书在版编目（CIP）数据

凯哥日记 ：一个加拿大人的重庆战“疫” / (加)王凯 (Jorah Kai) 著 ; 李南译. -- 北京 : 新世界出版社, 2020.8
ISBN 978-7-5104-7012-7

Ⅰ. ①凯… Ⅱ. ①王… ②李… Ⅲ. ①日记－作品集－加拿大－现代 Ⅳ. ①I711.65

中国版本图书馆CIP数据核字(2020)第162539号

凯哥日记：一个加拿大人的重庆战“疫”

特别策划：iChongqing重庆国际传播中心iChongqing
图书策划：李晨曦　楼淑敏
作　　者：〔加〕王凯（Jorah Kai）
翻　　译：李　南
中文定稿：〔美〕玄易风
责任编辑：楼淑敏
特邀编辑：陈冬艳
图片提供：〔加〕王凯　王晓琳　iChongqing 上游新闻　〔丹〕Mikkel Larsen
封面摄影：唐安冰
封面设计：魏芳芳
排　　版：书香传承
责任校对：宣　慧
责任印制：王宝根
出版发行：新世界出版社
社　　址：北京西城区百万庄大街24号（100037）
发 行 部：(010) 6899 5968　(010) 6899 8705（传真）
总 编 室：(010) 6899 5424　(010) 6832 6679（传真）
http://www.nwp.cn
http://www.nwp.com.cn
版 权 部：+8610 6899 6306
版权部电子信箱：nwpcd@sina.com
印　　刷：北京宝隆世纪印刷有限公司
经　　销：新华书店
开　　本：710mm × 1000mm　1/16
字　　数：200千字　　印张：18.5
版　　次：2020年8月第1版　2020年8月第1次印刷
书　　号：ISBN 978-7-5104-7012-7
定　　价：88.00元

版权所有，侵权必究
凡购本社图书，如有缺页、倒页、脱页等印装错误，可随时退换。
客服电话：(010)6899 8638

致 谢

感谢我的妻子王晓琳和我的中国父母王昌全、张其桂！在这段“艰难”的岁月里，感谢你们的耐心与温情。

感谢外婆希尔达·拉布罗斯，以及黄荟锦、项佑、布鲁斯、达拉、董敏和杰夫。

感谢医学博士劳伦斯（拉里）·伍德和维克多·伍德医生的鼓励与支持。当我怯于发声时，他们鼓励我大胆直言。正因为他们的鼓励，我才开口给你们讲这个故事。

感谢克里斯·马腾逊医生和约翰·坎贝尔医生为应对这场危机所做的不懈努力。

感谢医学视频网站 Medcram 和麻省理工学院免费提供丰富精彩的病理学信息。

感谢二姨萝丝教会我欣赏文学作品，深入文字史。感谢大姨夫提姆，以及马可·安德烈、斯科特、斯蒂芬妮·托马斯、杰诺瓦·凯蒂和雷迪奥希尔罗付出的大量努力和时间。感谢奥嘎、罗里、伊安·格林德尔、瑞德·莫里塔、JP、克莱顿，以及其他试读团队成员的火眼金睛。

感谢我的兄弟梅弗、达什、卢莫、盖茨和雅安。感谢歌顿、克里斯、托莫、保罗等老友。

感谢美国说唱歌手 RZA 及其创办的嘻哈组合武当派，是你们的音乐帮助我摆脱恐惧，保持清醒和安全。感谢加拿大蓝色牛仔乐队的歌曲《一起迷失》。

感谢身处武汉的弗洛拉·弗娜！武汉“封城”首日，你惊慌失措，对彼时毫不知情的我们而言，你下意识的反应是一种警示和宣泄。你懂的！谢谢你！

感谢戴维·迈尔！老兄，虽然不确定日后你是否会飞黄腾达，但我肯定会请你吃皇家芝士堡的。

感谢莱斯利取消了火人节演唱会！感谢梅德·马里恩主动自我隔离 14 天。为期 14 天的居家隔离，是入门级的防疫措施。

感谢孔静和重庆外国语学校！在学校，我度过了多年美好的时光。

感谢 iChongqing 和陈冬艳，你们使我得以安然度过这段岁月。

感谢新世界出版社和葛文聪，让我的作品得以付梓。

感谢安晓勇、肖恩、奥兰多、奈尔斯、迈克尔、雅各布、布兰登、亚历克斯等跑友。

感谢斯多葛学习小组的伙伴们：里克、艾拉、凯登斯、丽莎、塞巴斯蒂安、查尔米卡。感谢总是喜欢反驳我们的埃里克！感谢我的斯多葛宝典——《斯多葛哲学口袋书》。

事实上，我想要感谢太多太多朋友，这里就不一一点出了。本书献给你们！

谨以此书献给那些竭尽所有、慨然前行的一线医护人员，献给六位勇于与新冠肺炎斗争却不幸罹难的重庆患者。我们不会忘记你们！

致读者

无论你是谁，无论你在哪里阅读此书，很高兴与你相遇！

如果此书能让你学到新的、有实际价值的东西，能让你微微一笑，那就说明你并不孤单。那么，这本书也就算是成功了。

序

我认识王凯很多年了。他很了不起，爱思考、有爱心。他不但消息灵通，还直言不讳——对于他身边的人而言，有时候这并不是啥好事儿。

2020 年 3 月 20 日，我坐在这里，看到西方世界面对新冠肺炎疫情的蔓延集体倒吸了一口凉气，我觉得我们正站在悬崖边缘。两个月前，正是在这里，我的朋友王凯临渊跌落。他在中国武汉以西 800 公里的地方居家隔离时写下的博客，像是从未来给我们寄来的一封封短笺，又像是心灵地图，指引我们走出暗黑走廊。

在王凯居家隔离的早期，我曾与他联系。我作此序时，他正从新冠肺炎疫情对中国的第一波冲击中走出来。而我正要面临疫情对加拿大的第一波冲击，承受着他曾经历过的心理考验。

过去几年里，我们之间的联系时断时续，但我一直被勇于自我颠覆的王凯所吸引。这也是我们共同的特质。在无常的人生中，能拥有同样勇于跨界、敢于改变目标和习惯的朋友，是人生幸事。这是适商高的体现。适商，是我几年前学的一个词。

近年来，适商，也就是适应性商数，被视为人有幸拥有的最重要的品质之一。适商，大致上是指在快速变化的环境中解决问题的能力。适商高的人，能未雨绸缪，随时做好转舵的准备，找到新的角度，重新出发。面对朝夕之间人生轨迹的突然转向，适商高的人能泰然处之。事实上，他们不但能泰然处之，还能事业有成。

我不想对多动症妄加评论，反倒觉得在某些方面，适商是多动症的一种“积极”表现形式。适商高的人，往往坐不住。他们冲破束缚自己的藩篱，将休息时间视为挑战新项目、发展新技能的机会，去创新、提问、修正、试验。适应性强的人，会拥抱——至少不排斥——时代的喧嚣。他们能在乱中求生，乃至求胜，甚至有望浴火蜕变。

所有人都应适应环境。我们必须学新技能，摒弃先入之见。上个月的梦想与今日的梦想，迥然不同。

不幸的是，目前看来，新冠疫情将会是一场全民危机。王凯就像是矿井中的金丝雀。他的日记远远早于新冠疫情全球大流行之前，应被视为帮助我们渡过这场危机的路线图。

安德鲁·密吉·梅弗

2020年3月20日

关于此书

从2020年1月25日至3月中旬，中国就启动了突发公共卫生事件一级响应，为疫情防控最高级别。武汉进入战时状态。拥有1100多万常住人口的武汉市和湖北省（近6000万人）大部分地区“封城”，以遏制新冠肺炎疫情的蔓延。虽然“封城”未能完全遏制病毒的传播，却使得疫情蔓延速度慢了下来，为世界防疫争取了时间，为科学家研究病毒争取了时间。

彼时的重庆，不允许举办公共集会，大部分商店处于歇业状态。当地政府建议市民减少不必要的出行和户外活动，尽量待在家里进行自我隔离，以遏制新冠病毒的传播。所幸的是，春节期间，中国鲜有人上班。中国政府延长了假期，所以在长达2个月的时间里，大部分的中国人——大约五分之一的世界人口——都窝在家里，工厂停工，街静道空，航班停运。若要出门或者搭乘公共交通工具，必须得戴口罩。出行仅限于通勤和必要的物资采购。在有些地区，一户仅允许一人一周出门两次，以采购生活必需品。

王凯住在重庆，一个拥有3100多万常住人口的大都市，位于最早公开通报发现新冠肺炎疫情的武汉以西800公里。在重庆居家隔离期间，王凯天天写日记，与读者分享其所见所闻。

在此稿付梓之时，欧美和世界大部分地区正在忙于应对新冠肺炎疫情的肆意蔓延。

本书记录了抗疫故事的开始，而非结局。

自　序

很久以前……

2020年元旦前夕，我搭乘波特航空的喷气飞机，从加拿大新斯科舍省省会哈利法克斯前往多伦多市区机场。下机后，我一路蹦跶着，洋洋得意地炫耀着新做的飞天意面怪文身，兴奋之情溢于言表。一场暴风雪席卷了多伦多，城市一片混乱。航空公司把我的行李弄丢了。这个周末我唯一能穿的就是一件暴力熊动物表

王凯在歌曲《我记得》的音乐视频录制现场

演服。机场并不是我的目的地，我不停地看表，刷手机，站在航站楼出口处瑟瑟发抖。

天色已晚，我迟到了。在加拿大的冬夜，我要赶好几英里的路，赴友人之约。四周白茫茫的一片，使得我已然退化的判断力和时空感更加迟钝。航站楼的灯光被甩在身后，眼前漆黑一片。寒风怒号，我冷得直哆嗦。松软而黏乎的雪，甩在我红扑扑的脸颊上，生疼生疼。

多伦多地处加拿大腹地，经常受暴风雪侵扰。在这里，我“痛并快乐着”——一边享受寒假的乐趣，一边忍受强暴风雪的肆虐。身边的路人，一边抱怨诅咒着这恼人天气带来的诸多不便，一边气乎乎地摸黑发推，待手机屏幕变暗后，消失在黑夜中。如果他们够明智的话，应该回家，猫起来，直到风住雪停。

我也不明智。我并不打算回家猫起来。

我环顾了一下四周，拿起手机，拨通了朋友的电话。

“怎样？顺利吗？”电话那头传来了午夜 DJ 戴维·迈尔酷酷的声音。随之传来的，还有循环播放的背景音乐，爵士乐与电子乐交织在一起，强劲带感，复古又新潮。我四顾了一下，说：“我终于到了。我做到了。”

他答道：“好，来吧，兄弟，我们也不能等你等到天亮。”电话那头和右手边都传来了汽车的喇叭声。

我拿起随身携带的包，包里装满了 DJ 装备，还有一瓶水和一把坚果，走向一辆流线型的黑色轿车。车是戴维租的，就停在十米开外。我把包扔进敞着的车后备厢，摔上盖儿，快速钻进副驾驶位。

在后座上，一个四肢布满文身的大肉球蜷缩着，打着呼噜，哈出一片雾气。另一个人从大肉球的左边冒出个头，睁大红红的眼睛，像《爱丽丝漫游奇境记》里的柴郡猫一样好奇地看着我。他们带着不屑，又闭上了眼，缩回长绒毛面的座椅里，打算睡到凌晨芝加哥怪人歌舞厅的谢幕时分。

雷迪奥希尔罗，我来了！

“准备好了吗,哥们儿？”戴维和我碰了下拳,露出胜利的笑容。

“谢谢你等我，兄弟。计划赶不上变化。”

戴维笑道：“嘿，你个疯疯癫癫的土老冒儿。”他挂倒挡，踩油门，稳稳地向三点钟方向打轮儿，倒出了机场停车场，驶上空荡荡的街道。雪越下越大。路上一辆车也没有，安静得出奇。虽然航班再三延误，差一点儿不能起飞，但无论如何，我还是到多伦多了。

“你知道的。”和兄弟说话时，我的声音降低了一个八度。回到家乡，我感觉很轻松，语速也慢了下来。我们沿着湖滨路驶向加德纳，顺着 403 号公路行驶，路面滑得像坐雪橇一样，几个小时后到达了大使桥。这才是真正的加拿大的冬天。今晚，边境防守不严，没有边防警察查岗。我们保持慢速行进，没用多长时间就上了 I94 号公路。还得走好几英里才能到达与朋友约定的地点。

我们在迷雾中继续前行。车前灯发出的光照亮了白茫茫、令人窒息的夜空。我不禁想，在如此饥饿的黑夜，是否存在着我无法理解的东西。

戴维嘟囔着：“60 厘米开外的东西，我都看不清了。”这可不像他的风格。他平时可都酷酷的。他点了支烟，摇下车窗，享受吞云吐雾的快活。

我也摇下了车窗。突如其来的强气流，把我们的车子推向了左边。戴维猛地向右打轮儿。就在一刹那，一辆重型大卡车像火车一样，轰隆隆地迎面呼啸而来，强烈的远光灯让我们瞬间瞪大了眼睛，晃得无处可躲。

虽然我们都看不清高速路车道外的东西，一路上走走停停，有时候还会打滑，但戴维·迈尔始终行驶在路上。在这趟旅途中，我们并不孤单，这就够了。

目　录

第一章　正　念

第二章　运　动

第三章　有效介入

第一章

正　念

1月20日
星期一 2020

你好，庚子鼠年！

再见，2019年！再见，己亥猪年！

2019年夏天，我步入不惑之年。对于我这样总是“快人一步”的人而言，这个岁数显得太老了。

我10岁那年，老妈在渥太华大学学习。当时家里没有保姆，她便把我带到了大学校园里，随堂听课。怀着一颗好奇的心，我成了心理学课堂上的“旁听生”。12岁时，有个大人送我去体验世界，并让我把所见所闻写下来。那一年，我成了求知欲强的小作家。14岁，我加入了渥太华大学的电子竞技俱乐部，与大学生和年长我两倍的年轻教授交朋友。15岁，我开始自己作曲，举办慈善文化活动，成长为职业巡演艺术家。在接下来二十年的岁月里，我经常与售根者乐队举办各种现场演唱会。

2014年，我旅居中国，一边教英语，一边专心写作。在重庆，我邂逅了一位年轻可爱的本地女子，她叫王晓琳。两年后，我们结婚了。2018年，我39岁，妻子娘家侄孙项佑出生，我便当上了爷爷。在中国文化里，我成了妻子娘家侄孙的“三爷爷”。在人生道路上，我总是快人一步。其实，我早就知道，2020年充满了变数。

2019年，我过得虽然不容易，但总体还算不错。我写了很多稿子，但都束之高阁，不想公之于世。对于写作，我深感不满，

王凯和妻子王晓琳在意大利威尼斯度假

疲惫不堪，期待求变。

2019 年，我攒了一笔钱，在海外度过了美妙的假期。

我和妻子花了四十天的时间，周游法国、希腊、意大利。我们在巴黎品尝美食，在蔚蓝海岸享受日光浴，徜徉于举世闻名的普罗旺斯薰衣草花田。我们游览古老的雅典卫城，泛舟环游圣托里尼岛，在铺满鹅卵石的罗马街道漫步。

在一个炎热的午后，我们走在罗马古老的石子路上。不料，琳子那爆满的行李箱的轮子被坑坑洼洼的路面卡住了。我们刚从普罗旺斯坐高铁抵达罗马。从火车站到我们住的公寓，步行需要 5 分钟。琳子死活不肯让我花 20 欧元打车，非要拖着箱子笨手笨脚地走过去。时至今日，她还忘不了自己拖着个巨大的行李箱，走在石子路上，肩膀差点儿被拉伤。这一幕几乎成为琳子谜之英勇的佐证。

我们游览了庞贝古城、比萨和威尼斯。在意大利佛罗伦萨一个具有 500 年历史的老酒馆里，我度过了 40 岁生日。在那儿，我们品尝了用威尼托的科尔维纳风干葡萄酿的酒，口感醇厚浓烈。科尔维纳红葡萄，果子老、色泽光亮，果味浓郁，拥有傲人的种植历史。我们还点了奢华的招牌菜——龙虾意大利面、有机沙拉和数盘美味的奶酪。

回到中国后，我满血复活，准备投身于新一年的教学工作。但事实证明，一边上班，一边撸铁，实在太累了。我得了带状疱疹。小时候，我出过水痘，由于压力过大，潜伏在体内的病毒被激活了。在为期两周的抗病毒治疗过程中，我坚持每日用药，总算痊愈了。

但打那以后，我就小病不断。从九月中旬开始，我经常感冒，好像还没从上一场感冒中缓过来，下一拨流感病毒又迎面袭来，把我扑倒。我强撑着上完了一个学期的课，期待着春节寒假能好好休息一个月。

搞笑的是，刚挥手告别猪年，我就打算吃素了。要知道，中国是猪肉消费大国，猪肉炒素菜是很多中式菜肴的标配，在这儿吃素并非易事。事实上，汉字“家”，就是“宝盖头”下面一个“豕”，意为房子里住着一头猪。而中国人常说的肉，就是指猪肉。今年，我决心吃素，以更好地保护地球。

2020年是“金鼠年”，是六十甲子的开端。金鼠年，通常预示着新的一年会兴旺发达、大吉大利。据说，如果筹划得当的话，今年动土的工程会进展得十分顺利。

我把成堆的学生作文和试卷收了起来，悠哉地歇了一天。在“5+2”连轴转了一周后，这天显得格外奢侈。

有传言，武汉出现了一种严重的感冒或病毒。我的朋友兼同事玄易风告诉我，事态可能会很严重。管它呢，病毒离我还有十万八千里呢!

在重庆1号线地铁站里，乘客摩肩接踵

我开始享受咖啡时光，取出珍藏的顶级咖啡豆，研磨成粉，将热水倒入法压壶内，轻轻搅动。咖啡的香气，唤醒了我的味蕾。我喝了杯浓浓的黑咖啡。慵懒的晨光，慢慢地爬进我的房间，舒适、柔和又温暖。

在往鳄梨吐司上撒胡椒粉的时候，我打了个喷嚏，惹得琳子很不满，嫌我恶心。洗完盘子，我在裤子上擦了擦手，又招来琳子的一顿责备。我能说啥呢？谁叫我是被狼养大的呢？

早上，空气很清新，我和妻子步行前往附近的商场和星巴克。像往常一样，琳子点了一杯热焦糖玛奇朵，我点了酸柠浮冷萃。虽然这款饮品的口味很独特，但我可以将它含在嘴里超过一分钟。我想，我肯定会慢慢喜欢上酸柠浮冷萃的。

走到商场门口的露天剧场时，我们坐了下来，悠闲地晒着太阳。时下正是冬天。重庆很少下雪，十年难得一见。在冬日暖阳的照耀下，让人感觉像是身处加拿大的春天。一群奶奶带着孩子们在玩耍。一个扎着可爱马尾、身着亮色衣服的小女孩蹦蹦跳跳地朝我跑过来。我赶紧把咖啡拿走。小女孩咯咯地笑着跑开了，不一会儿又像个回力镖一样蹦跶回来。我再次手忙脚乱地攥紧了自己的咖啡。

我喝了一大口咖啡，妻子让我慢点喝。

慢下来，正是我的计划。

回家后，我做了一堆鹰嘴豆泥。

晚上，我游了十个来回，有氧步跑一小时，举重一小时。运动真舒服！琳子和她的姐妹在公共区域跳莎莎舞。在本周的家庭聚会之后，我们打算去个暖和的地方，来趟甜蜜之旅。

明天，iChongqing 请我出镜拍段视频，介绍第七届中国（重庆）迎春年货购物节。在迎春购物节上，来自全国各地乃至亚洲各国的商贩云集，售卖各种传统文化用品和地方特色美食。

1月21日 星期二 2020

迎春购物节

早上十点，起床。琳子有点不满。

她说："昨晚你抢走了所有的被子，老是动来动去的，害得我都没睡好。"

我咧嘴笑道："亲爱的，我就是好动啊，睡觉的时候也不例外。"但是她却没有这种毛病。我喝了点咖啡，琳子则喝温蜂蜜水——一种健康的中国传统饮品。我与斯多葛学习小组的成员分享了每日箴言。罗马皇帝兼斯多葛派哲学家马库斯·奥里利乌斯（121—180）说："力量应该向内心求，而不是向外求。认识到这一点，你就能获得力量。"

我们约好中午碰面。在地铁上，我戴了个口罩。但我发现，我是车厢里唯一戴口罩的人。很多人盯着我看。中国人只有在生病时，才会戴口罩，以示对别人的尊重。

我们在重庆国际会议展览中心（南坪）与 iChongqing 的工作人员胡睿会合。视频拍摄的第一站是个传统辣味小吃摊。一堆大妈在旁边舞动着木剑。在工作人员的鼓动下，我尝了一下小吃，干辣干辣的。

在路过一个卖活鸡的摊位时，胡睿立马戴上了口罩。虽然不明白为什么她会这么做，但我也效仿她，戴好了口罩。在某种程度

王凯（左）、琳子（中）和胡睿在重庆国际会议展览中心（南坪）录制关于迎春购物节的 Vlog

上，人都有从众心理。我们快步从活鸡摊儿前走过，她松了一口气，我也松了一口气。

我们买了点天然野生蜂蜜，欣赏精细漂亮的手工挂毯、木刻佛像、动物神像，以及很多我叫不上名字的玩意儿。我试喝了点骆驼奶，自然的甜味让我惊叹不已。

很快，我就反应过来，骆驼是中东呼吸综合征冠状病毒（MERS）的载体，不由得惊恐地回头看了一眼卖骆驼奶的摊子。但不容我多想，下一个镜头的拍摄开始了，要喝中国驰名白酒，一镜到底。我喝了点酒，暖了暖胃，很快就把骆驼和中东呼吸综合征冠状病毒（MERS）抛诸脑后。

在场馆外头完成片尾的录制后，我们收工，坐地铁离开。

我们去了市区琳子的娘家，喝咖啡，散散步。

18 岁的侄女张译丹邀请我参加密室大逃脱游戏。除了我们俩，还有 3 个十几岁的少年和译丹的堂妹田雪参加，共 6 个人。田雪全程怕得要死，紧紧跟着我们。我感觉就像掉进了黑洞里。前方的走廊深处，渐渐地出现了一束微弱的蓝光，随之而来的还有滴水的声音和令人毛骨悚然的呻吟声。我们跌跌撞撞地前行，穿过一个破旧的木门，进入了另一个房间。房间里，摆着一个浴缸和一面忽明忽暗的屏幕。到处是漆黑一片。译丹四处摸索着，想找到钥匙和逃脱线索。她的玩具枪上，闪动着红色的数字“49”——那是指向出口的线索。我们看到一具尸体躺在摇椅上，是个假人。喇叭里不停地播放着吓人的音乐和声音，喘息声、呻吟声以及各种奇怪的响声，窸窸窣窣、嘎吱嘎吱、噼啪噼啪，令人心生不安。声音越来越大，我们又穿过了几个房间。两个扮成僵尸的工作人员，突然蹦出来，呻吟着扑向我们。我负责断后，开枪把他们打死了。不过，我也浪费了很多子弹，得查点一下，留点子弹，以备后用。

密室里又暗又脏。最后，我们走进了一个宽敞的房间，还是漆黑一片。我听到了电锯的声音。我们跑到走廊尽头。我靠墙站定，一股汽油味儿扑鼻而来。在黑暗中，电锯的声音震耳欲聋。我的心跳声越来越急，头晕目眩。另外三个小伙伴儿跟上来了，我推

在重庆玩密室大逃脱游戏

开了隔在我们之间的小桌子。男孩们喊道："走走走！"我背靠着拐角的墙壁，一只手扶着桌子，另一只手在墙上摸索着。找到了个洞！我跳进去，开枪射击，呯呯呯，然后匍匐前进。这是个封闭、黑暗又肮脏的通风井。电锯的回声紧随其后。有东西绊住了我的脚，我一脚踹开。虽然我知道抓住我的只是工作人员而已，但是他们模拟得很像，我被吓得说不出话来。在接下来的一个小时里，我简直就是活在恐怖电影里。

游戏结束，我的心也平静下来。我们全家人在市区逛街，肩并肩地在大街上来回走着，吃路边摊，悠闲自在。回到家已是 23：00。我们出去遛了趟狗，凌晨 2 点才睡下。

琳子从社交媒体上得知，北京和深圳均出现了首例感染不明病毒的病例。这可是不祥之兆。

1月22日 星期三 2020

到底谁不正常？

听了新闻之后，琳子有点担心。

外面出了会儿太阳，我们带上两把凳子，打算去停车场遛狗，顺便晒晒太阳。真是个宜人的下午。

5:30 左右，我们前往重庆新开的商场——来福士购物中心，和我继子黄荟锦及其女友周俊池一起吃晚饭。

在地铁上，琳子决定戴上口罩。以前遇到雾霾天，她从未戴过口罩，但今天她却格外谨慎。我们发现，地铁上约三分之一的人戴了口罩。上车后，我们走近戴口罩的人群。

我们在解放碑站下车。这里原是重庆的市中心。

重庆来福士广场由世界知名建筑师摩西·萨夫迪操刀设计，耗资达 240 亿人民币。在巨大的购物广场上，矗立着几幢摩天大楼，内部装修现代感十足。新加坡的地标建筑——金沙湾酒店也是萨夫迪的杰作。一进门，我闻到了浓浓的消毒水的味道。在商场里，几乎人人都戴着口罩。偶有不戴口罩的人出现，显得格外突兀，我尽量避而远之。

走了没几分钟，琳子接到了荟锦的电话，我们走向一家越南餐厅，进门时荟锦和俊池已经选好位置。他们俩没戴口罩，我们也就下意识地摘下了自己的口罩。他们点了一大桌子的菜，有香浓

与继子黄荟锦及其女友周俊池在来福士广场聚餐。甜品很好吃

的汤，咖喱饭和海鲜。菜很好吃，看上去很干净。这顿饭大家吃得很尽兴，也十分惬意。

饭后，我们逛了逛，给荟锦和俊池买了点N95口罩。很多店的口罩都售罄了，我们还是买到了一包三片装的口罩。30米开外，有个男孩跑过，停下来，打了个喷嚏。他没戴口罩。这个小小的“恐怖分子”把我吓得直往后退。路人停下来，看了小男孩一眼，又继续前行。

22:00左右，我们戴好口罩，坐上地铁。很多人都戴上口罩了。有个别人没有戴口罩。我们与不戴口罩的人目光相遇。

到底谁不正常？是他们，还是我们？

1月23日
星期四
2020

武汉“封城”

早上醒来，似乎是美好的一天。我的激光粉尘传感器显示，今日 PM2.5 浓度为 13 微克 / 立方米，空气质量很好；室内温度为 18.5 摄氏度，湿度为 64%，空气很湿润。在这种日子里，来一碗辣辣的重庆小面当午餐，最适合不过了。我点了藜麦鹰嘴豆泥酱面，琳子点了豌豆杂酱面。两碗面都洒满了蒜、调料和醋。

我一边编辑 iChongqing《每日新闻》栏目的稿子，一边喝着浓郁的非洲啤酒提神。iChongqing 编辑部的同事全部取消春节休假，都在家办公，加班加点地报道日益严重的疫情。

我和琳子开始聊起武汉。武汉拥有 1100 余万常住人口，大抵相当于伦敦或纽约城的人口规模。从今日起，武汉开始“封城”。有些武汉居民不想放弃春节出游或期待已久的回乡过年计划，纷纷涌向高铁站和机场，想在“封城”之前出城。

据报道，重庆也出现了 9 例新型冠状病毒肺炎病例。这是重庆关于社区传播的首次报道。

对一座市区人口达 850 万和总人口达 3000 多万的大都市来说，9 个病例听起来并不多，但病毒切切实实来到了我们身边。

重庆，开始“沦陷”了。

今年春节的家庭聚餐仅有两次。而去年，是十次。

重庆大剧院夜景

琳子的家族很大。她说如果我不想参加家庭聚会，可以待在家里。从病毒传播的机制来看，我在不在家，区别不大。虽然我的普通话讲得很一般，但我很喜欢和琳子的家人在一起。当然，在重庆生活了六年，我的汉语也进步很大。

歇了一整天后，我们准备出门。我戴上胶皮手套，戴上来自瑞典的艾林高效微粒空气过滤面罩和 3M 护目镜，围上纳米纤维围巾（0.1 微米级），以防外部污染。最后，穿上夹克，戴上帽子。这就是我们出门的全部装备了。

大概 17:00 左右，我们搭乘地铁到了表妹家。表妹住在机场附近，离宜家商场不远，一路上，我们换乘了三次。地铁上几乎人人都戴上了口罩。偶有几个没带口罩的，举目四望，一脸蒙圈。这个世界咋了？

表妹夫，人称胖子，原是空中警察，曾在武术比赛中荣获冠军，结婚后才慢慢发福起来。他女儿两岁半了，跟项佑宝贝一样，是世上最可爱的小家伙儿。虽然语言不通，但是我和胖子很聊得来。我们的中英互译能力很差，但是两人都擅长查字典和比手划脚。我们聊到了居家隔离措施。目前，湖北省武汉市及其附近的两个城市都开始“封城”，涉及人口达 2000 万人。重庆与湖北接壤，与武汉相距 800 公里，只需要一天的车程。

胖子明天要飞新疆。他有点担心，希望自己可以不要去。关于疫情发展态势，我们知之不多。但是这时候出差，感觉不是很好。胖子觉得，疫情可能要持续几个月，据说四月份能结束。

饱餐了一顿之后，我们讨论是否要取消明天琳子娘家的午间聚餐。丈母娘觉得，病毒不是多大的事儿。我们说，好吧，明天计划不变。

重庆街头挂起了红灯笼，欢庆春节

2020 1月24日 星期五

大年三十

我 11:11 起床，往背包里塞满了工作和游戏用的电子产品，然后出发，开始新的一天。这回我们不坐地铁了。在出租车里，我们戴着护目镜、口罩和手套来保护自己。政府提醒人们出门要戴口罩,所以大部分的人都戴了口罩。在经历过 2003 年的“非典”后，戴口罩成了中国人的常识。网上说飞沫携带的病毒会感染人眼黏膜细胞，既然我有护目镜，就戴上了。凡是涉及装备，我不介意往高了配置。

虽然世界卫生组织说此次疫情尚未构成国际关注的突发公共卫生事件，但在中国，确实是按突发公共卫生事件来处理的。

老丈人和丈母娘一整天都在厨房里忙活。胡萝卜、大蒜、鱼、土豆、青椒、猪肉、火锅菜，一一被倒进热油锅。伴着一声声“呲拉……”的响声，油烟四起。饭桌上，慢慢摆满了菜肴。我把老丈人替下来，让他陪项佑玩会儿。我将老丈人切好的细长条猪肉，裹上蛋液和豆面，下锅油炸，做成重庆小吃——酥肉。

我从厨房出来，项佑扭头看着我。他特别喜欢盯着我看，专注的目光里满是好奇。

琳子拍着手，冲项佑喊道:“凯凯，凯凯在哪儿呢？”项佑看着我。即便是小宝宝,也发现我的长相与众不同。我不太像中国人。我是“凯国人”。我给了项佑一个红包。

项佑拿到了第一拨春节红包

18 岁的侄女张译丹拿着色彩鲜亮的草莓巧克力走了过来，给了我两块，就回屋里学习，准备高考。高考是中国学生人生中最重要的考试。无论是否有病毒，今年六月学生都得参加高考。巧克力上的草莓汁多，口感甜，好吃。

琳子启动了小小的彩色无人机，逗全家人玩儿。项佑像我一样，扬着眉毛，好奇地追着无人机满地跑。

我写作、编辑、阅读，偶尔玩点游戏。

表妹带着孩子来了。我问胖子去哪儿了。琳子告诉我，新疆下大雪，胖子回不来，太扫兴了！

年夜饭很丰富，食材新鲜，简直棒极了！我吃了很多胡萝卜、鱼肉、绿叶菜和一些米饭。

饭后，我们与长辈打麻将。

朋友建了个在渝加拿大人的微信群，交流关于疫情的信息和其他新闻。早该如此了！有这么个空间，让大家交流信息，挺好的。

全家人一起看春晚。绚烂的烟花、又唱又跳，还有杂技表演，色彩斑斓。看上去到处洋溢着节日的气氛，一切正常。我们玩到半夜才戴上口罩打车回家。回到家，洗漱，看会儿电视，就睡觉了。

2020 1月25日 星期六

开始自我隔离

王凯和晓琳在停车场晒太阳

第 1 天。和大多数中国人一样，我们取消了假期出行计划，打算待在家里隔离。重庆并没有“封城”，“闷”在家里，只是个建议。我们有点担心。但有朋友说，这其实就是一种严重的流感，无需过于担忧。有的朋友还是去泰国、越南玩，在那儿与从英国飞过去的家人会合。为了避免老丈人、丈母娘和项佑受感染，我们欣然决定居家隔离，静观其变。我们睡到中午，悠哉悠哉地吃个早午餐。

奔奔在纱门前尿了泡尿。奔奔是只 11 岁的棕色贵宾犬，听力不好，还有白内障，看不清纱门上的纱障。我把地板擦干净，消了毒。从现在开始，要十分注意卫生。

黑球是只 4 岁的黑色贵宾犬，视力很好，反应灵敏。她能憋着尿，跑

地铁车厢里几乎没有乘客

到外面的垫子上撒。黑球是个超级聪明的家伙。琳子说，有人担心宠物会被病毒感染，并传染给主人。为了生命安全，有人着急忙慌地遗弃了宠物。我们决定，在疫情结束之前，就把狗狗们锁在家里。

丈母娘又叫我们回家吃饭。我们告诉她，现在打车出门太危险。她说没有那么严重啦，咱们身边一个病例都没有。我们跟她解释出门可能带来的健康风险，得小心行事，以后视频通话就行了。

我接到了 iChongqing 新闻部编辑顾羽西的电话："有一堆稿子需要编辑。"有种迷信的说法：大年初一不能工作。但是，公共卫生安全远比迷信重要，所以我开始看稿子，标题是《重庆疫情最新动态：本地累计报告新型冠状病毒感染的肺炎确诊病例 57 例，援鄂医疗队出发》。本地已有 57 个病例了，需要对很多人进行病毒检测。中国各地和军队的医疗队纷纷赶赴武汉，支援武汉不堪重负的医疗系统。

我们戴上前往“红区”的装备，有手套、护目镜、口罩。我们带上小板凳，打算去停车场坐一两个小时，晒晒太阳。出来透透气的感觉真好！两只可怜的狗被锁在家里。看着我们出门时，它们眼里满是失落。得赶紧给它们多弄点狗粮。

一个滞留在重庆城外的朋友，建了一个在华加拿大人微信群。在群里，我认识了两位在武汉隔离的同胞——特里和帕特森。他们说，大概还有两百多个加拿大人在武汉，没入群。我们与加拿大驻华大使馆和领事馆联系不够密切。我认为，可能是因为使领馆在放假。我们很多人都没有在加拿大驻华使领馆登记。去年去欧洲玩儿的时候，我倒是登记了，也收到了大使馆的电子邮件，无非就是“现阶段请勿前往武汉”云云，没啥实际作用。

有人说，美国将派专机到武汉撤侨，不知道是来接外交人员还是所有滞留在武汉的美国人。我们很好奇加拿大是否会派专机去武汉撤侨。如果答案是肯定的，鉴于目前武汉已封路，他们该怎么去机场呢？其他在中国各地的人则关心病毒何时会传播到自己居住的城市，是否也会“封城”？如果发生这种情况，加拿大是否会出手帮我们？

这下子，我可有大把的时间来写小说了。当然，那堆 15 万字的手稿，还是个大麻烦。我手头有那么多事情同时进行，那么多故事情节混杂在一起。还是让我从头讲起吧！我要讲的第一个故事是什么？是关于 10 岁重庆男孩吴畏的故事。在经历了家庭变故之后，吴畏用其超凡的想象力，将一趟旅行变成了在重庆农村的奇幻之旅。这趟旅行给了他处理现实问题的空间和时间。

我把很多想法写了下来。随后，和琳子一起看美剧《犯罪心理》。我们怀念健身房，但它关张了，啥时候营业不知道，只能等通知。也许，我们可以在客厅的投影屏幕前跳减肥舞或者琳子的韩国有氧舞蹈。琳子很喜欢看犯罪题材的片子，然而，看到第四季时，我们也受够了各色犯罪心理。明天不能再看了。

学校通知我周末返校。不出两天，校方的态度又来了 180 度的大反转——所有外籍教师无需返校。几个正在海外度假的朋友，很想知道他们还要在外逗留多久，下一步该怎么办？有人想就地避灾，有人想取消假期，飞回各自的国家。朋友爱丽西娅打算飞回中国，但我们劝她，只要有机会，就回意大利，那儿更安全。

想象一下，在数百万个聊天室和数码空间里，反复回荡着叽叽喳喳的讨论声，人们权衡利弊、评估风险，并根据已知信息对计划做出调整。

重庆援鄂医疗队即将出发

2020 1月26日 星期日

不建议出行

第 2 天。自我隔离的第二天，我们睡到中午。丈母娘又叫我们回家看看。琳子很想宝宝。我有种不好的预感，觉得出门有风险，想晚几个小时或者明天再回去会好一些。

今天 iChongqing 的一则新闻是《重庆新增新型冠状病毒感染的肺炎确诊病例 18 例，旅游团停发》，这是关于重庆疫情防控紧急措施的报道，文中列出了几家能接待外国人的本地医院。我认识的人中还没有被感染的。政府不建议出游，我们的假日之旅泡汤了。

我们在网上讨论关于疫情的话题。新冠病毒是通过空气传播的吗？也许不是，它只通过飞沫和接触传播。最好的预防方法是不与人接触。

琳子说明天想回娘家，如果我不想去的话，她就在娘家多待几天再回来。我不同意。倒不是因为我害怕孤单，据说这个病毒的潜伏期很长，如果她“中招”了，不但会传染给她父母、宝宝，回来后也会传染给我。或许是我反应过度了。我说：“我们再考虑一下吧。”我在微信上咨询朋友。他听说，无症状感染者看上去很健康，但也可能会传播病毒。他建议我说服琳子，先不要回娘家。琳子同意明天午饭时再讨论这个事情。面对无形的敌人，人难免

外卖小哥送餐至小区门口

空荡荡的街道

会感到恐惧和焦虑。

离上次去迎春购物节，已过了五天。离上次家庭聚餐，也已过了两三天。我不但喝了骆驼奶，还试吃了各种东西。我真是愚蠢至极！还好，目前我们一切正常。我努力甩掉心里的恐惧。另一件事又提上日程了。

我写完了一个章节，然后看“油管”（YouTube）视频，很晚才睡。有些是官方信息播报，有些是病毒学和病理学的博士谈疫情。听完后，我对疫情有了大致的了解。听上去，疫情相当糟糕。老人，主要是年长的男性，和免疫力差的人，是新型冠状病毒的易感人群。虽然我们不是主要易感人群，但如今医院人满为患，此时要是得了肺炎，简直就是噩梦一场。从罗马回来后，琳子的肩膀一直疼。她已经做了核磁检查，消炎止痛药快用完了。

1月27日 星期一 2020

逛市场

第3天。昨晚，我们很晚才睡，早上也没啥事儿，没必要早起。这是我们自觉杜绝社交、居家隔离的第3天。

今日 iChongqing 的头条是《重庆疫情最新动态：重庆市新增新型冠状病毒感染的肺炎确诊病例35例，重庆采取公共聚会限制措施》。我的丹麦同事李伟龙绘制了一张重庆区县地图，标出了各区感染人数。

目前，我所居住的九龙坡区感染人数为5人以下。这个区很大，所以感染比例还是挺低的。

我们打算去市场买点东西。

街上人很少，大家自觉保持一定的距离。人们面戴口罩，行色匆匆。有家面包店卖我爱吃的法式脆皮白面包棒。在面包店门口，有个人不戴口罩，又是打喷嚏，又是咳嗽。

我们止住了脚步，环顾四周。几个人也停下了脚步。我感觉像是受了病毒的袭击。

我们过马路，绕道而行。

到了露天市场，不用进入室内就能购物，感觉还挺舒服。虽然不是身处封闭的空间，我们也没摘护目镜和口罩。琳子戴着我的透明安全护目镜，我则戴着黑色炫彩泳镜。虽然人人都面戴口罩，

重庆冉家坝的一家购物中心（迈克尔·拉尔森摄）

但是大多数人都没戴护目镜。谨慎一点，我才安心。排队结账时，与他人靠得很近，我感觉不太得劲儿。

回家一进门，我们开始消毒。站在门口，不让狗狗过来，摘下手套、外套、帽子和护目镜，然后挤了很多洗手液，用皮肤能承受的最高温度的热水洗手 1 分钟。水龙头的水太冲了，水溅到了我的脸上，甚至眼睛里。

我会不会就此变成僵尸？

希望这只是一次演习，而非病毒发起的进攻。

面对隐形的对手，你永远无法得知自己何时已经上了战场。

战争没有彩排。虽然有点担心，但我也没有过于受惊。我摘下了口罩，晾晒消毒，以重复使用，然后冲了个澡。

今天琳子很兴奋，她们的 Salsa 5 国际舞蹈俱乐部要开网课了，两位来自委内瑞拉的新老师在线教学。

我写东西，与朋友网聊，一天很快就过去了。我也试着跟着跳了几步 Salsa 舞。能动起来，我和琳子都很开心。

晚上，我突然听到琳子的一声惨叫。我冲了过去。不知道为啥，她的手抽筋了，痛不欲生。我判断应该是她脱毛衣的时候拧到受伤的肩膀了。我帮琳子脱了毛衣，擦干眼泪，用膏药给她按摩肩膀和胳膊。琳子痛得那么厉害，我们都吓坏了。

我不禁担心起来，如果真的疼到需要去医院就诊，会出现什么

春节期间，第一个阳光灿烂的日子。人们走上街头，远处是重庆来福士广场

王凯在重庆外国语学校门口

情况呢？

我熬了个通宵，听世界卫生组织和各国疾控中心的新闻发布会，加拿大的、美国的、英国的、欧洲的，统统都不放过，也听播客里医生和专家的音频。我开始听备灾指南，了解如何在极端环境下求生。阳光从厚重的窗帘缝里钻了进来。我关掉手机，睡了几个小时，噩梦不断，压根儿没睡好。

1月28日 星期二 2020

能活着，就是一种特权

第 4 天。醒来后，我感觉很累。我得放下紧张焦虑的情绪，否则会整出病来的。我翻开马可·奥勒留的书，一句话跃入眼帘：“晨起，发现自己还活着，还能思考，能享乐，能爱人，就是一种特权。”此刻，我们更懂得互相扶持。我无力改变外部世界，唯有平心静气，全力应对困难。我告诉自己，要警醒但不焦虑，要放松，随后起床。

时间还早，趁在渥太华的老爸上床睡觉之前，我和他在线玩了一把 2020 年全国曲棍球联盟的游戏。我好像有神助攻一样，完胜老爸。

在华加拿大群里的很多朋友在讨论该采取哪些防范措施，戴哪种口罩才能防止被飞沫感染。我说自己戴了护目镜。大多数人都认为我防范过度了。

琳子和我全副武装起来，打算去人人乐超市。路遇理发师，他身穿湖蓝色的定制西装，脚上的皮鞋油光锃亮，衣冠楚楚。他没戴口罩，没有任何防护装备，嘴上叼着支烟，像看外星人一样看着我们。我问他，怎么不戴口罩？不怕吗？

他摇了摇头说，不怕。继续微笑前行。

我再也不去剪头发了。

谷歌上说，要做好五步防护：勤洗手，咳嗽时用肘部捂住嘴，不要摸脸，保持安全距离，尽量不出门。

购物的时候，有人在我们身后大声咳嗽。我们赶紧放下那个区域的芹菜，匆匆离开。在进口食品区域，我找到了意面酱。琳子抓住了我的胳膊，说她的护目镜起雾了，看不清前方的路。我们手挽手，慢慢走出来。

我们总算走到了收银台，装袋，付款。在层层衣物和双层口罩的包裹之下，我大汗淋漓，气喘吁吁。走出超市后，我找了个没人的地方，摘下帽子和护目镜，呼吸点新鲜空气。

回到家，我们花了整整 20 分钟来消杀。我觉得自己正与数十亿愤怒的、小小隐形入侵者交手。如果能预判它们的去向，或许我就能保持头脑冷静，也能保持健康。

琳子的 Salsa 舞网课有 1500 余人参与，1 万人在线围观喝彩。她尽量不用受伤的左肩。有事情可做，我们很开心。

午前，我又听了些新闻。

1月29日 星期三 2020

无尽的柬埔寨之旅

第5天。接到学校行政人员邳晓旭的通知，高中部的外籍老师无需返华。此时，有人在日本、韩国、柬埔寨和泰国，还有一个回英国了。国际航班纷纷取消，各国先后限制出境，滞留海外的老师很困惑，眼看着口袋里的钱要花光了，想尽快回来上班领工资。但这是不可能的。各种无解！

太阳出来了，我们在重庆外国语学校的停车场里呼吸新鲜空气。虽然四下无人，我们还是戴着口罩。病毒能在外界存活9天，这是近日广为人知的事实。所以，用过的口罩，我都晾10天，才会再次使用，或者在使用时，非常小心。

在微信群里，大家既紧张又沮丧。我的一位游戏玩伴被困在了湖北封锁区的女朋友家。他管我叫疑病患者，受够了我神经兮兮地发各种信息。一位好朋友也受不了了。他说这不过就是一场流感，是我过于在意了。如何能确保朋友做好充足的准备，又不至于引起恐慌，确实挺难的。在网上，我看到了美国卫生和社会福利部前部长迈克尔·莱维特曾说过的一句话："在疾病全球大流行之前做任何事情都显得危言耸听。大流行开始后，做任何事情都显得不足。"我决定少发朋友圈，多关心家人。

有个记者加入了群，开始采访我们。我们希望记者能给加拿大驻华大使馆施加压力，拯救被困在湖北的同胞。当然，特里除外。特里养了两只猫，他说无论如何都不会离开湖北。我鼓动他问问大使馆，是否能顺便救他的猫。对此，特里不抱啥希望。

今天我有点烦，或者说是沮丧，才写了 1000 字。微信上，大家都炸开了锅，很难集中精力写作。

我玩了一下午的游戏。琳子与家人及项佑宝宝视频聊天。后来，我们一起看电视。我吃完了剩下的蔬菜。

今天的 Salsa 舞又有 3000 人参加，1.5 万人围观。太壮观了！能找点事儿来做，与人交流，大家都很兴奋。琳子小心翼翼地跳，尽量不用受伤的胳膊。

我做的晚餐很不错，自己吃炸豆丸子、蘑菇和蒜蓉西兰花，给琳子做了一块牛排。厨房里满是油烟，我有点喘不上气，开始紧张起来。

食品供应充足

1月30日
星期四 2020

沉默的乘客

第6天。我又晚睡了。六天来，我整天圈在家里，无所事事，漫无目标。洗漱、煮咖啡、做早餐，看备灾视频，想知道还要居家隔离多久。

滞留在海外的同事开始明白，航班取消，并非戏言。他们打算飞回各自的祖国。我最好的朋友说，这几天他打算取道美国，转飞加拿大。虽然很羡慕他，但我不会抛下狗狗，转身离去。再说琳子也不想离开她的家人。我已经在这里扎了根。

有消息称，德国出现了无症状传播的病例，这说明中国政府所言属实。无症状传播很吓人。不过，这证明我并非防范过度。朋友们到处都买不到口罩，出不了门，很抓狂。

美国人杰在朋友圈发信息求购高端纳米纤维口罩。这种口罩几乎都卖断货了。我有个朋友刚好是做口罩的，我帮杰弄了点。随后，我发现他居然不是我的朋友杰。他与我的朋友同名，微信头像也很像，但我还是帮了他。谈及未来的打算，他说计划和家人坐包机去墨西哥。虽然明知包机会花掉一大笔钱，我还是很嫉妒杰。他有两个孩子，小女儿才6个月大。对他而言，倾囊而出，保证家人的安全，很值得。

我联系了一个在深圳生产高端口罩的哥们儿，他手里仅剩200

个口罩。当我一一跟朋友确认时，他只剩 40 个了，我买了 13 个。周一会邮寄过来。

离我参加迎春购物节已过去 10 天，离上两次家庭聚餐已过了 7 至 9 天，我没有出现任何症状，这让我心情大好。

我们都松了一口气。这一天过得很慢，我们吃了小火锅，我只吃蘑菇和土豆。我帮琳子把 Salsa 舞网课投到大屏幕上。参加网课的人巨多，可以说是呈几何式增长。数千人在线跳舞，万余人围观发弹幕，简直太疯狂了！

今天，我注意力很难集中，才写了一点点东西。我知道，自己得停止焦虑。但圈在家里，我很难放松下来。我坐在窗前，想晒晒太阳。但今天是阴天，天灰蒙蒙的，寂然无声，好像全世界只剩下我们两个人。

我已“心有冠状结”，它像个铃铛一样，在我心里叮当作响。看样子，我是解不开这个心结了。我下载了 K 歌版《我的莎朗娜》，翻唱发到在华加拿大人的群里，逗得大家哈哈大笑。与他们聊天，感觉好多了。

1月31日
星期五
2020

变 化

第7天。这是我和妻子居家隔离的第7天。我们假装在度假，只是遇到了坏天气，或是到了某个危险的地方。真希望能早日听到喜讯。

我写了几个小时的小说，沉浸在吴畏的奇幻之旅中。

在2003年“非典”中一战成名的中国专家钟南山说，未来一周或者10天左右将出现疫情高峰。他劝大家，即使阳光明媚，也不要外出。几天前，天气晴朗，很多人不戴口罩就出门，在大街上唱歌。钟南山奉劝大家宅在家里，以保持健康。唯一能“闷”死病毒的方法就是把人“闷”在家里。

一个美国同事不顾美国政府的安全提醒，执意飞来中国与女友相聚。

我收到了加拿大电视网有限公司的邮件。之前，他们对我进行了书面采访，对我的回复很满意。现在，他们想连线采访我。我同意了。等到节目开播的时候，已经很晚了，我很疲惫。但能对公众说出我们的故事，感觉不赖。

2月17日是返校日，如果到时疫情高峰期还没过去，会发生什么呢？我估计可能得在线教学个把月。对于未来的工作安排，我们一无所知，学校亦茫然。大家只能静观其变。

加拿大电视网有限公司连线采访王凯夫妇

2月1日 星期六 **2020**

周六狂欢不再

第 8 天。又是周六！我做俯卧撑、举重、拉伸肌肉，真希望能早日回健身房撸铁。我用法压壶煮了杯咖啡喝。

截至目前，中国有确诊病例 11791 例。不知道是不是每一位感染者都会发展成为肺炎。如果是这样话，疫情会加剧。这种可能性好像不大。但是有一篇译文说每一位感染者都会发展成为肺炎，

丈夫即将赶赴武汉抗疫一线，同在医疗系统工作的妻子与之道别

所以我想弄清楚这个问题。重庆现有确诊病例 238 例，死亡 1 例，治愈出院 1 例。我希望更多人能早日康复出院。

我拿出尤克里里，弹唱了一会儿，但期间总是琐事不断，还得打开笔记本写文章，编辑新闻。我真希望此刻能身处沙滩，处理这些事情。真是做白日梦！我上“油管”，看我最钟爱的沙滩视频，开心之余还有一丝丝嫉妒。

我猛刷播客和“油管”视频。晚上又吃火锅。我们用琳子的手机上 Salsa 舞网课，挺有意思。

2月2日
星期日 2020

关门大吉

第 9 天。我跟老爸通话，他对我目前的处境忧心忡忡，我说啥他都听不进去。我骨子里是个没有耐心的人。看来，今天注定不好过。

我穿戴整齐，出门散步。琳子馋奥利奥饼干了，我也需要买点面包。我决定边走边录个视频，发给朋友看。全副武装走在路上，

小区里的自助菜摊，顾客用手机支付

我感觉自己像个宇航员。

所有店铺都歇业了。路过面包房时，它正在关门。之前，这可是附近唯一营业的面包房。

中美航班逐渐停飞，我的朋友肖恩打算提前飞回加拿大。他人在洛杉矶，正要飞回多伦多。

我和妻子都有点烦躁，所以我决定去办公室干活儿。在那儿，我文思如泉涌，写了近万字。这还不错。琳子走了进来。写作的时候，最烦有人打扰了。我们大吵了一架。她怒摔了个玻璃瓶子。两个人圈在家里那么久，大眼瞪小眼，太难了。我们需要出去晒晒太阳，呼吸点新鲜空气。

我跟朋友斯图聊何为“健康”的婚姻关系。他对婚姻持积极的态度，给了些忠告。身为成年人，要有所成就，得具有牺牲精神。而一个好丈夫，在艰难时日，应负重前行。

2月3日
星期一 2020

吃啥，是个严肃的问题

2019 年，王凯夫妇在希腊圣托里尼岛

第 10 天。起床，洗手，洗手，洗手，洗洗洗洗洗洗洗洗洗洗手……手都被泡皱巴了，看上去像葡萄干，又像西梅干。我的手这辈子都没这么干净过。我边洗边唱。这回我不想再唱生日快乐歌，换成了法国儿歌。但我想不起全部歌词，再加上琳子取笑我的法语口音，便改口唱皇后乐队的《波希米亚狂想曲》。前后共洗了 10 分钟。如果这样还洗不干净的话，说明我天生就是个脏孩子。感觉自己一天得洗上百次手。无论干啥，做之前洗手，做完了，还要洗。所以我可以随便摸鼻子，而不必担心受感染而死。

昨天，面包房关门了。我不知道自己是否还会做面包。我想网购点面粉和芝士，做个比萨。但外国人无法注册中国的购物网站，琳子又不想买。

诚然，吃饭是为了填饱肚子，但伙食也不能太差。吃啥，是个严肃的问题。虽然我觉得不会出现矿泉水断供或断水断电的情况，但还是把家里的瓶瓶罐罐都灌满了开水，以备不时之需。家有余粮，心里不慌。

琳子还是很生气。她在看视频，讲的是一个年轻中国女子只身前往希腊圣托里尼岛拍单人婚纱照的故事。女主人公受到了司机的嘲笑。去年夏天，我和琳子在圣托里尼岛的奥伊亚火山城拍了婚纱照。那真是难忘的一天！我把婚纱照裱了起来，等老了可以拿出来看，回忆往昔的时光。

我们接到了电话，包裹到了，是牙膏等日用品。琳子知道我有囤货备灾的习惯，索性多买了点物资，以抚慰我这颗不安的心。我穿戴整齐，去唯一还营业的市场采购。刚走到那儿，护目镜就起了雾，几乎啥都看不清。还好，我找到了一块甜面包。结账时，我让别人先走，这样就不用与他人挤在一起。我使用微信支付，无现金交易。

从超市出来，我走上天桥，突然传来一阵咳嗽声，我止住了脚步，往下看。二十米开外的地方，就在我刚才逛的超市旁，有个

重庆市区空荡荡的，路上鲜见车辆

老人正蹲着，大口喘气，咳嗽。太吓人了！我瞬间石化了。一位老妇人从超市出来，两人结伴离开。

今天没有 Salsa 舞网课，琳子不太高兴，也没胃口。也许明天就有网课了。我也没吃晚饭，虽然有点饿，但不想做饭。22:00 左右，我切了点面包，用意面酱、羊奶干酪、大蒜酥，做了比萨吐司，味道不错。

一切都会好起来的。

2020 2月4日 星期二

配给与备粮

第 11 天。我的咖啡豆所剩不多了。今天，我打算不喝咖啡了。古希腊和古罗马的斯多葛派哲学家曾践行“减法”生活，以培养感恩之心，疏解焦虑情绪。如果今天能忍住不喝咖啡，明天喝上咖啡时，我就会心生感激之情。

我狂刷创作大师班的课程，下周得想办法学以致用，不然我的账号就没钱了。今天上的是戴维·赛德里斯老师的写作课和喜剧课。他诙谐幽默，机智风趣。他教我如何巧妙地提问，如何在闲聊中获得有价值的信息。巧妙提问的能力，确实难得。

截至 2 月 3 日 24 时，重庆市累计报告新型冠状病毒感染的肺炎确诊病例 337 例。目前，这个病被称为“新型冠状病毒感染的肺炎”。这个名称对我来说有点费解。我查找关于核糖核酸病毒的资料，试图弄清楚我们面对的到底是怎样的一种疾病。

我所居住的九龙坡区，累计报告新型冠状病毒感染的肺炎确诊病例 15 例，死亡病例 1 例，病例数量高居全市第二。一位学生家长告诉我，去世的是重庆外国语学校附近一家餐馆的工作人员。听起来很吓人。还好，我们一直在家做饭吃。

已出现确诊病例的小区名单在社交媒体上被疯狂转发。我的好友夫妇得知他们小区里有 12 例确诊病例后，惶恐万分。后来他们才知道，那个小区在武汉，恰巧与他们的小区同名而已。

重庆采取了新的防控措施，加强对市外来渝（返渝）人员的严格监测管理，以保护居民生命安全。从市外其他地区来渝（返渝）人员一律居家或在居住地隔离观察 14 天。如果你的居住地出现确诊病例，或者曾接触过确诊病例，也得隔离观察 14 天。这些措施似乎很严格，但我们毫无怨言。

有人在在华加拿大人微信群里问，如果购买的芝士汉堡是出自被感染者之手，那么将其放入微波炉高温加热，是否能杀死病毒？有人说，要放松心态，享受生活。本地有个餐馆的工作人员被感染了，把整个饭店的人也给传染了。目前，我们还不知道与其接触过的顾客情况如何呢。

我们都很担心，但也满怀希望。中国政府采取了前所未有的防控措施，只要大家都耐心地居家隔离，定能有效遏制病毒的传播途径。

新鲜蔬菜供应充足

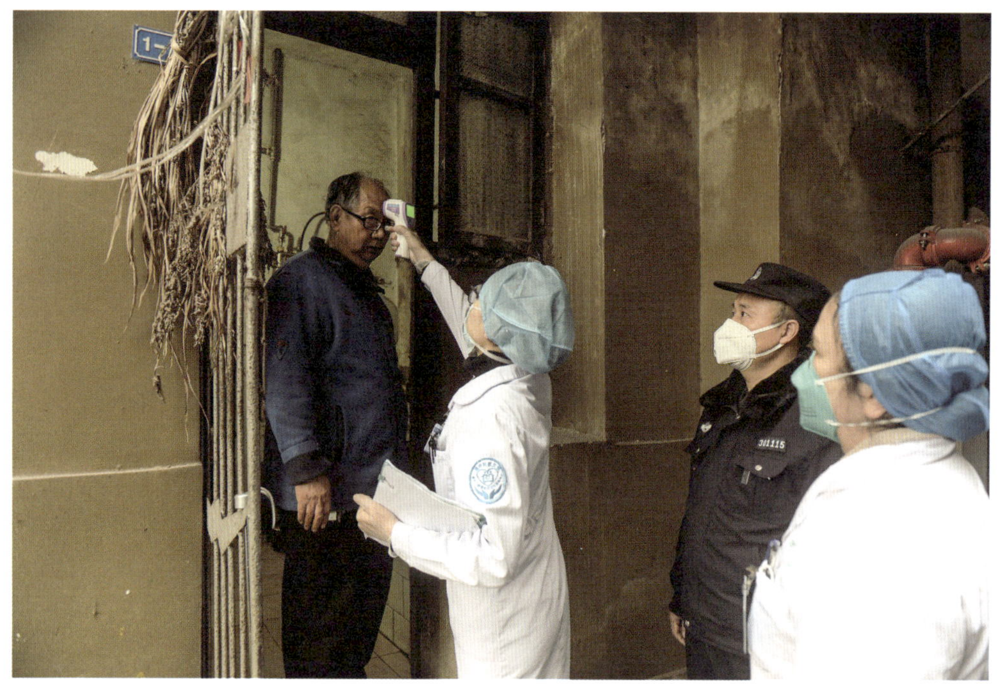

社区工作人员给社区居民量体温

截至昨天24时，中国累计报告新型冠状病毒感染的肺炎确诊病例20438例，疑似病例23214例，重症病例2788例，死亡病例425例，治愈出院病例632例。与前一两天比起来，数据大幅提升。我好像看过有消息说，如果不保持社交距离，中国受感染人数将是现在的68倍。由于中国采取了强有力的防控措施，数百万人免受病毒感染。

下午，我扛不住了，煮了一壶咖啡，浓郁可口，喝起来太爽了。我头也不疼了。明天，我打算不喝咖啡了。也许，两天喝一回。

从深圳寄来的13个昂贵的纳米纤维口罩到了。接到从武汉打来的电话那一刻，我们被吓坏了，难道口罩是从武汉发来的？管它呢。后来才知道，电话确实是工作人员从武汉打来的，但口罩是从深圳寄出来的。我又给住在成都的英国朋友及其有孕在身的女友寄了2个口罩。

有很多新闻故事等着我编辑。社区人员挨家挨户登门拜访，确保辖区内已出现症状的居民没有误诊漏诊。希望他们保护好自己。人们相信，只要将受感染人群隔离起来，就能战胜病毒。今天，我的心情不错。

加油，中国!

2020 2月5日 星期三

生日快乐，项佑！

王凯在量体温

第 12 天。“生日快乐！”琳子与家人视频通话，给屏幕那端的小项佑唱生日快乐歌，小家伙拍起了小手。从满周岁起，项佑就很喜欢生日快乐歌。用香皂洗手时，我会唱两遍生日快乐歌——时长为 20 秒——这是政府建议的洗手最短时长，只有这样才能将病毒冲走。

至 4 月 24 日时，中国累计报告新型冠状病毒感染的肺炎确诊病例 24324 例，新增病例 3887 例。重庆累计报告新型冠状病毒感染的肺炎确诊病例 376 例，死亡病例 2 例。

今天，好友克莉丝接到了警察局的电话，问她有没有出现什么不适症状。1 月 23 日，她去了趟超市。当时，有一个从武汉来的人也在那儿逛。现在，那个人已确诊感染了新型冠状病毒。克莉丝没有任何不适症状。警察还是要求她居家隔离观察两周。感觉病毒离我们越来越近了。但宅在家里，还是很安全的。

随着重庆确诊病例的增多，部分小区每户家庭每两天只能一人外出采购蔬菜和日用品。

今天，我又出去采购了。在超市门口，工作人员用体温枪在我额头上测了一下，无法读取数据。她请我摘下护目镜，被我婉拒了。她量了我的前额、耳朵、脸颊，都不成功。她请我摘下一只手套，量了我裸露的手部，36.4 摄氏度。我们异口同声地说：“没问题。”我被放行进入超市。超市里食品供应很充足。

我瞥了一眼卖活鸡的摊位，都撤了。冰鲜的鱼还有的卖。回到学校宿舍楼时，门卫给我量了一下体温。我提着大袋小袋，大汗淋漓，觉得很热，真担心因体温过高而进不了门。还好，门卫让我进来了。

学校发来一张调查表，了解外籍教师的健康状况。社区工作人员挨家登记，了解居民身体状况，提供医疗帮助。在公共场合，大多数人都乐于戴口罩，减少外出时间，必要时寻求医疗救助。有些人不是很配合，大喊大叫，火气很大。直到警察出面，他们才气焰渐消，找各种借口为自己开脱。对于拒绝配合防疫举措的人，可能会被刑拘。在重庆，类似视频公开流传，以警示人们不戴口罩的后果。任何罔顾公共安全的行为，都不会被纵容。当房子着火时，就没工夫讨论政治问题了。

政府制定了防控措施，要么遵守规则，要么别挡道儿。

我看书，也和琳子看电视。安晓勇来取他的口罩。见面时，我们隔了两米远。不过分别时，我们还是碰了下肘。得知安晓勇是坐公交车过来的，琳子惊呆了。安晓勇说，车上就他一个人，车里散发出一股浓浓的消毒水的味道。公交车！

从星期一开始，我就得准备网络教学了。不过网课的操作系统很复杂，我还没彻底搞懂。

希望夏天还能回加拿大。今年，我外婆 90 岁了，我得回去看她。我给外婆打了电话，老人家很高兴。

一整天我都没喝咖啡，也没头疼。真希望明天快点到来。

2020 2月6日 星期四

粉碎谣言

第13天。我躺在床上，沉浸在往日的美好回忆中。

截至昨天24时，中国累计报告新型冠状病毒感染的肺炎病例近3万例，重庆376例。就全国范围来看，确诊病例大幅增长；就重庆而言，是小幅增长。但是，确诊病例出现的地方离我家越来越近了。我们手机上装了个疫情地图APP，可以查询家附近的确诊病例位置。离我们最近的2例病例出现在500米外的商场。看上去，真的很近。我家方圆10里内，有17例确诊病例。

琳子让我不要再出门了，家里的食物足够支撑一段时间。我的咖啡太好喝了。

与亲朋好友视频聊天时，我听到了一则可怕的新消息：我家附近的一个餐馆工作人员没有任何症状就去世了。后来，我发现这是一个谣言。

今天大师课堂的主讲人是尼尔·德格拉斯·泰森，是我最喜欢的科普达人。今天的内容是科学方法论。在流言满天飞的时候，听他的课，能缓解焦虑。太棒了！

朋友发来一条火遍全网的视频，某个小区的值班大爷广播后忘关喇叭，打呼噜一晚上，把整个小区都吵醒了。笑笑更健康！

在华加拿大人安德鲁正在自制酸奶和波兰饺子。当吃啥成为大

社区体温测量服务点

事儿时，食谱便成了最火的谈资。

加拿大驻华大使馆建议所有在华加拿大人离开中国。坐飞机，可比宅在家里危险多了。我才不会抛弃宠物，自己逃跑。

在疫情方面，今天的重大消息是：瑞德西韦和氯奎宁有望成为治疗新冠肺炎的药物。临床试验结果将于四月份发布。让我们祈祷吧！

今天，有个朋友取道香港，飞回温哥华。另一朋友早上出门采购，回来发现自己住的居民楼出现确诊病例，已被封锁，他只能住宾馆。

我一边写日记，一边编辑新闻，挺忙的。我开始为直播网课做准备。预计开课时间是 3 月 1 日。

我们把房间清扫了一遍。琳子想把迷你吸尘器组装起来，结果拉伤了肩膀。听到她从卫生间传出来的惨叫声，我赶紧过去帮忙。

一个小时后，琳子吃了一粒止痛片，胳膊上敷着热帖，躺在床上。我们得小心一点儿，目前只能靠自己。

晚饭我们吃了点自制脆薯条和扁豆汤，琳子还吃了一块牛排。我一边锻炼身体，一边和琳子看电影。随后，上床睡觉。

2020 2月7日 星期五

囤购备灾

第 14 天。对于要不要出门采购，我们有点拿不定主意。如果宅在家，肯定不会被传染。如今，流言四起，恐慌情绪蔓延，我们也挺紧张。有报道说，一名男子在超市收银台结账时，摘下口罩 15 秒就被感染了。在商店里，我从未摘下口罩。但是，我不确定回家后，对外出服和外购物资的消毒是否充分。每一声咳嗽，每一次擤鼻子，每一个喷嚏，都令人担忧。

我和琳子讨论是否要在重庆疫情高峰来临之前囤购点生活物资。琳子说没必要，我也就没说啥了。但没想到，后来她居然网购了三大包生活用品。这就是爱啊！接下来的两周，我们要宅在家了。

我们对家里的口粮进行分配。我有一瓶红酒，得留到下周情人节配大餐喝。我们忙了一整天。当你把恐惧、焦虑、恐慌抛诸脑后，宅在家的日子，对于内向的人而言，简直就是中了头彩。

昨晚打算睡觉时，我想起了在抽屉里雪藏已久的两个手稿还未发表，感到十分惭愧。以后是不是没机会发表了？它们让我想起了欧内斯特·海明威的《乞力马扎罗的雪》。我从被窝里爬起来，勾勒我心里的“那片白雪”，写出我的挣扎与未竟的梦想。这也许就是作家的思维方式。

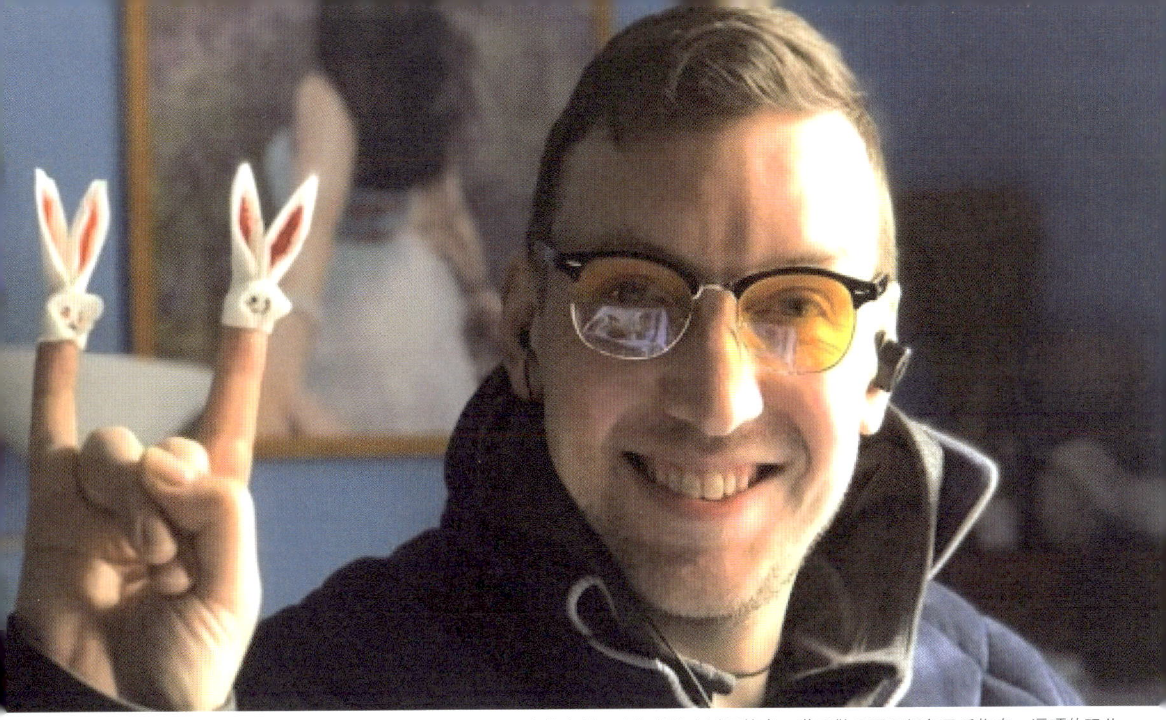

疫情当前，我们并没有过于忧虑。琳子做了两只纸兔子手指套，逗项佑玩儿

一整天，我都在忙着编辑本地新闻。重庆政府采取了很多举措推动复工复产，发布了公共卫生指南。其中，有一段讲冠状病毒、病毒传播和家养宠物的关系。文中没有提及新型冠状病毒，这让我很费解。据报道，已有人出于恐慌心理杀害或抛弃了宠物。世界卫生组织和中国专家都说，没有证据显示宠物携带新型冠状病毒。我们修改了指南的译文，iChongqing 的领导也把我的意见反馈给了当地的卫健委。希望我的举手之劳，能改善宠物们的生存处境。抗疫多日，我已疲惫不堪，同情心也所剩不多了。

琳子做了兔子手指套，逗屏幕那端的项佑玩儿。我们和项佑逗乐，和他一起开怀大笑。我就着可口的德国啤酒，喝了豆子汤，吃着土豆沙拉。我开始想念老爸种的西红柿，又大又红，还很新鲜。老爸在渥太华的花园里种着薰衣草，一到夏天，香气袭人。

我把刚寄到的日用品整理归类，对它们进行消毒。

在新闻广播里，因疫情被困海上的邮轮、加拿大首架撤侨包机抵达特伦顿空军基地，是时下最热门的话题。我觉得，国际媒体渐渐失去了耐心，急需新闻“爆点”。

我花了几个小时，听玛格丽特·阿特伍德主讲的创意写作课。她的嗓音很特别。无论疫情发展态势如何，我发誓今年要尽可能多发表文章。对死亡的恐惧，最能激发人的斗志。

俯瞰重庆道路交通情况

2月8日
星期六 **2020**

宇航杂牌军

第15天。我们都是宇航员，服役于一支正在宇宙航行的杂牌军，坐在配有地心引力的地球飞船上，以每秒268公里的速度，在太空中翱翔。飞船上，有各种各样的餐食供应，还有百老汇的歌舞表演。我们的太阳系飞旋着，像DNA链，又像通心粉，穿过深邃的太空，越过银河，飞向武仙座、飞向织女座、飞向天琴座，飞向更远的地方。不幸的是，这支杂牌军人心不齐，劲儿没使到一处。如果我们还沿用虚拟的货币来衡量全球的生命支持体系，那就无法生存。人类比猿聪明，但并不一定明智。

在日本横滨停泊的“钻石公主”号暴发新冠肺炎疫情，形势吓人。琳子对中央空调非常担心，怕楼里一旦出现确诊病例，病毒将通过通风管道感染整栋楼的人。琳子靠刷社交媒体，而非科学阅读来了解疫情，这加剧了她的恐慌。

曾两度升空的加拿大宇航员克里斯·哈德菲尔德说，宇航员遇事从来不祈祷，而是进行风险管理。恐惧，是个人的选择。病毒并不可怕。但是，很多人还是会害怕。为何？未知使人心生不安。我们是否能通过学习、小心行事、风险管理，从而放下恐惧？当然可以。感谢哈德菲尔德，让我今天成了光荣的“预备宇航员”。在太空中，一切都只能靠自己。所以，预备宇航员会接受各种应急训练，在千钧一发之际，他们得有能力应对各种突发问题，护自己周全。这招对我比较管用。

老爸来电话，我们在线玩冰上曲棍球。在加时赛中，我赢了老爸，开心得尖叫起来。

前任上司孔静在给我写推荐信，我翻出抵华之前的旧推荐信，供她参考。6 年前，她录用了我。最近，她辞职了。世事难料。居家隔离的时间里，正好可以好好整理一下文档。

我们打扫了一下厨房。红辣椒、胡萝卜、两个西红柿和一个苹果都长毛了。我好心疼。

今天是元宵节，春节的最后一天。有研究发现，穿山甲是新冠病毒的潜在中间宿主，所以今天“穿山甲”成了热搜。我们跟琳子娘家人视频通话。这半个月以来，老丈人天天打麻将，安逸得很。项佑也很好。毕竟，现在是冬天。

晚上，琳子准备了火锅。半夜，我们吃了黑芝麻馅儿的汤圆。

有个朋友下馆子的消息在微信群里炸开了锅。吃饭的时候，他得知新冠病毒可以通过空气传播，开始后怕了。空气传播？我才不信这一套。我曾花 100 个小时对新冠病毒做了研究，没有证据表明新冠病毒可以通过空气传播。这可能是翻译水平太烂导致的误读。我们现在不都好好的吗？

2月9日
星期日 **2020**

坏消息和更坏的消息

第 16 天。我百无聊赖，啥都不想写。

早起，洗漱，煮咖啡、做早饭，一切照旧。今天我打算喝速溶咖啡，一周喝一次现磨咖啡，省着点用咖啡豆，直到能下单购买为止。没有咖啡豆，我受不了。

给黑球读惊悚小说大师 H.P. 洛夫克拉夫特的著作

素汉堡配西蓝花

吃早午饭的时候，我撒了点芡欧鼠尾草籽在煎鸡蛋上，鸡蛋本身就放了盐和胡椒粉，在鳄梨吐司上涂上鲜辣的鹰嘴豆泥。这段时间运动量很小，我居然还瘦了 3 公斤。看来不吃垃圾食品，能减肥。

iChongqing 的编辑告诉我，我坚持居家隔离，自我保护，采取适当措施减少病毒传播，是个值得学习的好榜样，希望能把我博客上的抗疫日记翻译成中文。我感觉自己成了战“疫”中的志愿者。这是一场看不见的战争。我是“家里蹲”战队的代言人，可以教别人如何“家里蹲”。

在华加拿大人的微信群里，大家纷纷议论中国媒体报道的两条坏消息。其一是，有一女子从武汉返乡近 20 天无症状，其亲人先后被确诊。如果这是真的，那对全球的疫情防控而言，影响就大了。这个消息可不能传到“钻石公主”号邮轮的加拿大乘客耳朵里，否则他们会疯掉的。

另一条坏消息是，据报道气溶胶能传播病毒。这意味着，如果你走进受感染者打喷嚏的气团里，或者其刚使用过的公共卫生间，你就有可能受感染。

这就吓人了。也许，我是第一个解开以下谜团的人：新型冠状病毒能在人的大肠和粪便中存活，也能在气溶胶中存活。这意味着什么？意味着我们要当心含有病毒的屁！这种屁能让人感染上肺炎，甚至病亡。按理说，这么严肃的事情，我不该笑。可我实在忍不住，像个疯子一样，狂笑了很久，引来了窗外路人的驻足。我的陋室狂想，打破了路人的静穆时光。我朝着窗外小声说了声对不起。2020 年，死寂一片，已然成为现实了吗。

重庆的地标性建筑亮出口号“武汉加油”

老妈看了我的网上日记，悲惧交加，给我打来电话，哭个不停。我用蹩脚的笑话逗她，开解她。她总算是笑了。我们的心情也都平静下来。

在做烤蒜蓉西蓝花和腌黄瓜蔬菜汉堡时，我烫伤了手，不是太严重，不过估计要留疤了。

我玩了会儿游戏，看新闻，收听每日必听的医学类博客。听烦了，我就给尤克里里调音，弹到手指流血。《丹尼少年》这个曲子，我已经很熟练了。

我们一边看电影《乔乔的异想世界》，一边吃玉米片配莎莎酱和鹰嘴豆泥。明天，我种的豆芽就成熟了。生命总能找到出路。

2月10日
星期一 2020

献给宝宝的摇滚秀

第17天。紧闭的窗外传来了一阵广播喇叭刺耳的啸叫声，我们被惊醒了。广播通知说，疫情尚未结束，不要外出。今天天气晴朗，人们蠢蠢欲动。

今天，越来越多的城市开始“封城”。这让一部分人感到恐慌，但大部分人认为有必要在大范围内抗击疫情。

今天是中国人春节后复工的第一天。人们逐步恢复正常生活，让工厂复工复产。

罗马帝国五贤帝时代的末代皇帝马可·奥勒留曾提到：你应该从日常生活中跳脱出来，从空中鸟瞰你的家园、社区、城市和国家。在广袤深邃的太空中，地球只不过是个光点。到那时，你的焦虑、恐慌、愤怒、沮丧、无聊等基本情绪，就显得微不足道了。我们只不过是大时代里的小人物。居高俯视，个人情绪就会消失殆尽。只要同心协力，我们就能遏制病毒传播。大寓于小，小能克大。病毒比地球小很多倍，却能让地球按下“暂停键”。

越来越多的加拿大人离开中国。泰国是为数不多不停飞国际航线的国家，机票价格还很便宜！我看到，总有人摆脱隔离，到处传播病毒。几百年前，为了预防黑死病，威尼斯强制要求所有来自疫区的船只在港口外停泊40天后才允许靠岸。英语单词

给一帮小宝宝演奏尤克里里

“Quarantine”（隔离）一词就源于意大利语的“quarantina”，也就是隔离40天的意思。当时，虽然人会老实待在船上，但船上的老鼠会跳入水中，将病毒传染给当地人。为了一己之欲，人居然会变得如此自私。如果人人都不出门，世界会更安全。

昨天，专家说没有证据显示气溶胶能传播病毒。这则消息让人心安。多个城市继续对公共区域进行强力消杀。我的生活里充满了悖论。唯有静观其变。

今天，高中部开始网上授课。我的第一堂英语课，是与学生语音对话，故障、延时、回声、笑声，此起彼伏。学生们忙于做作业。有些学生两耳不闻窗外事，有些学生则义愤填膺。我问，谁惹他们生气了？“那些吃蝙蝠而引发这场疫情的人。”我告诉学生，目前还无法证实蝙蝠就是引发疫情的元凶。但他们听信了之前看到的信息，怒火难消。

今天我们吃得不错。香浓的扁豆汤，消解了辣味儿。

我练习弹尤克里里，琳子把镜头对准我，直播给项佑看。后来我才知道，当时有十几个亲戚在看我的摇滚秀。琳子唱歌很好听。我弹奏了十几首经典儿童歌曲，手指都弹肿了。

2月11日
星期二 **2020**

“回屋去，外头不安全”

漆黑一片。我头昏脑涨，不知身在何处。

琳子叫我起床关窗。卡车将对城区进行集中喷洒消杀。我跑到各个屋子，关上窗。我把这个消息发到几个微信群里，又睡着了。

10:00，我醒来，从枕头底下掏出手机，查看信息。

群里有人问，昨晚城区真的消杀了吗？

空荡荡的重庆街头

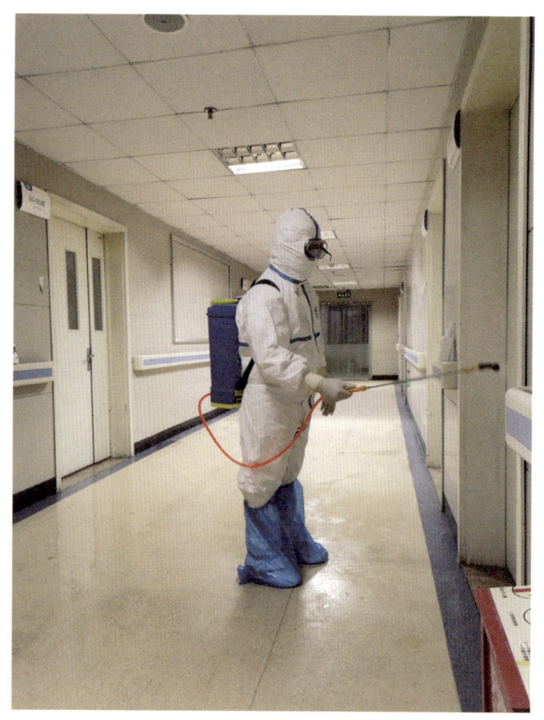

重庆某家定点医院在消杀

我问琳子，她的微信朋友圈里是否有人晒城市消杀的图？她说，看到过视频，但已经被删除了。

有个朋友很生气，让我不要再散布谣言。我向他道歉，不再在本地群里发布消息。几周以来，各种各样的微信群成了我们社交的场所。如今，这些群正分崩离析。

大家都紧张兮兮的。

有消息称，新冠病毒会通过下水道传播，2003 年“非典”期间香港就曾出现过这样的情况。有人开始把水槽和地漏堵上。硬核的科学依据尚未被发现，实用的观点未必准确，我该何去何从？

流行病学家钟南山医生的团队研究发现，不排除超级传播者，个别潜伏期 24 天。这会对很多国家的检测标准产生影响。这下子麻烦大了。

我和琳子宅在家里，百无聊赖，一缕阳光调皮地透过窗户钻了进来。我们兴奋地跳了起来。窗外传来孩子叽叽喳喳的说话声和篮球拍击地板的声音。突然，喇叭里传来叫喊声："回屋里去，外头不安全，都回家去！"很快，又安静下来。

我们提溜了两把凳子，去学校的顶层停车场坐坐。整个停车场就我们两个人。我向下看，看到有几堆在家待不住的人，在晒太阳，活动四肢。在阳光的沐浴下，琳子跳 Salsa 舞，我和视频另一端的安晓勇玩手游《暗影狂奔》。有人带着只灰色的小猫从我们身边经过，对方刻意与我们保持着一定的距离。大街上，有名男子抽着烟，透过大门缝将一包口罩递给一位女士，后者感激不尽。

在外头待了几个小时，我们才回家。

我冲了个澡，换上干净的衣服。

每天写作，我觉得很惬意。我都不大愿意回到过去繁忙的教学生活中了。如今真的安全了吗？今天很多工厂都复工了，为什么学校还要等到 3 月份才开学？到时候，我会戴着护目镜和口罩给一群躲在透明防护罩里的学生上课吗？

2020 2月12日 星期三

谈判专家

第19天。收到了很多朋友的信息，嘱咐我保重。他们不知道，夫妻齐心，居家隔离的日子平淡如水。

最近一个月，我鼻子一次都没塞过。但是琳子咳嗽了，头疼，睡了大半个下午。我喝了点浓咖啡，给学生上网课。

世界卫生组织将新型冠状病毒命名为“COVID-19”，是2019年暴发的新型冠状病毒所引发疾病的简称。这个名字不太好记。

琳子学会了摊大饼，我做了一个“隔离”腌黄瓜比萨。

我构思并动笔写小说。重庆的春日，神奇而温暖。我心情大好，跑到阳台看斯蒂芬·金的书，直至脸被晒热为止。后来，我听前FBI谈判专家克里斯·沃斯主讲的大师课。他的课让我灵光一现：病毒劫持了中国，现在我们需要一个谈判专家。

“你好，病毒，且让我称你为‘COVID-19’吧。我叫王凯。我来呢，主要是想了解你的需求。”

它咬牙切齿，满眼怒火，说道：“我是凶猛的新冠病毒，我能要了你的命。”

我以夜半DJ的嗓音，温柔地对它说：“对你来说，受到他人重视，好像十分重要。”

我在阳台看斯蒂芬·金的书，补补钙

它挺起胸脯，咆哮道："我是世界级的病毒，横扫天下！我要打败西班牙流感。"

"西班牙流感？"我重复着它的话，声音也低沉了下来。

"一百年前，还没有飞机。如今，我搭飞机蹦到了 24 个国家。未来一周，我还要去 100 多个国家。"

我不问为何它要去那么多个国家，而是问它到底要做啥。是什么原因使得新冠病毒要对人类发起攻击。"为什么周游世界对你来说那么重要？听上去，你是想要干件名扬天下的大事啊。"

"没错！你给我坐直了，仔细听好！"它龇牙低吼道。

我得找到那只黑天鹅。"你最担心的是什么？"问对了，我看见了它眼中的恐惧。"啊，我知道了，我们都猫在家里，无聊透顶。你也就不能传播病毒了。"

新冠病毒左右移动着爪子。

"你希望看到什么样的结局？"

"你吓得发抖，我在外面等着你。"

疫情期间，著名的重庆洪崖洞景区停止对外开放

重庆市给湖北省孝感市捐赠的医疗物资

采用移情策略。“但在这种状态下，我的日子没法过啊……”

“出来啊，我盯着你呢。”

新冠病毒悄悄地对我说，祭出杀招。

“就算我出门，又怎样？虽然无感染率低于死亡率，但是我的胜算还是蛮大的。”

病毒咬牙切齿地咆哮着。

病毒打我。新冠病毒是个年轻而敏感的天秤座，十分害怕无聊。它是个矛盾体。一方面它冷酷，无情又无趣；另一方面心里又隐含着一丝敏感，一丝庄严。

“希望你能感受到我们对你的‘尊重’。我们尊重你。你让世界工厂都停工了。我们不会忘记你的。”

让对方认清现实，让它做好付出一定代价的准备。我说：“说实话，你确实是个强劲的对手，但你毕竟不是瘟疫僵尸。我们会找到解决之道的。只要我们撑下去，适用疫苗很快就会上市。我承认，你确实比‘非典’影响范围广、杀伤力大。新冠病毒，我们不会忘记你的。”

新冠病毒点点头，觉得受到了尊重，表示感谢。

“你看这样好不好？我们会将你铭记在心中，以预防下一次疫情。你将成为教科书里的例子，提醒人类要时刻保持警惕。当我们洗手时，当我们忍住不挠鼻子时，我们就会提及你的名字……确实，你能将很多人置于死地。”

它不再龇牙咧嘴，认真思考。

拿出筹码。“我能让你出名，但是你得安分守己，让我们的工厂复工。”

90分钟后，我们达成了协议。

2020 2月13日 星期四

学校之行

第20天。琳子感觉好多了。我们睡得很好。医生说，增强免疫力是战胜病毒的“特效药”。一天保证7～9个小时的睡眠，能决定你是居家隔离休息还是在重症监护室与死神短兵相接。我很心疼在湖北抗疫一线负重前行的几万名医护工作者。重庆和其他城市向湖北支援这么多人力物力，让我感到十分自豪。

我明白，如果全国发生新的聚集性传染事件，我们将无力集中支援武汉。届时，形势会十分严峻。所以，我决定居家隔离，出一份力，尽一份责。

重庆人很乐观，纷纷复工了。也有很多人还在居家隔离。

今天，我们打扫卫生，晒被子，好好吃饭。

CT结果等被纳入新冠肺炎临床诊断标准。因此，今天通报了中国新增确诊病例15000多例（含湖北临床诊断病例13332例），看上去确实很多。停靠在日本的“钻石公主”号确诊病例达到了218例。船上的乘客肯定压力山大。至少我们在家隔离的人过得挺舒坦。

我的美国同事正在中国另一个城市居家隔离。他需要从放在重庆宿舍的笔记本电脑中把课程计划拷贝出来。学校办公室有备用钥匙，但是他忽悠我破门而入。琳子希望我待在家里，但我还是穿好外出服，向学校大门走去。

门卫出来，挥手示意我回去。我打电话给琳子，让她帮我翻译，我还没来得及往后退，门卫就把我的手机夺了过去。

学校已经消毒了，任何人都不能进去，没得商量，这是规定。

我返回家中，把手机套卸下来，放在门边，用喷雾消毒，然后洗澡，换衣服。

今天，我们看了很多视频，公安机关对散布谣言、制造恐慌的违法人员予以行政处罚。在任何危机中，总会有人乘乱牟利。我只想把头低下来，安静地宅着，直到疫情结束为止。

我来中国是来教书的，来写作的。

我要安守本分。

重庆两江游轮也停航了

援鄂医疗队赶赴湖北省孝感市

我们与项佑宝贝视频，给他演奏了一通。我开始看威廉·吉布森的新书《代理》和劳里·加勒特的《瘟疫来袭》。这两部作品各有千秋，十分精彩。它们也给了我启示，我的作品故事线太多。对于我而言，如何把这些主线铺展开是最难的。我就从最难的开始写。

又有几个朋友有幸赶上了上海飞温哥华的航班，目前航班已为数不多。希望今年夏天我能飞回加拿大。世界卫生组织和很多国家都做好了应对疫情扩散的准备。

2月14日 星期五 **2020**

情人节

第21天。我给琳子做了早餐——煎饼和咖啡，送到床前。她的肩膀没那么疼了。今天天气晴朗，我们打扫房间，照料花草，将客厅的盆栽搬到阳台晒太阳。

我出了三趟门，是最近出门最频繁的一天。第一趟，我们拿着两张凳子，去停车场晒太阳。我们看到，有人拿着纸质的出入证，进出学校大门。我们还没有出入证，也没人通知我们去办。也许，学校已经忘记了外籍教师宿舍楼还有两个住客。不办也没关系，反正我们也不打算去哪儿。

享受了几个小时的阳光浴后，我们去校园的快递柜取肩痛药。家门口的垃圾堆积如山，臭气熏天。跟所有人一样，环卫工人似乎也猫在家里，而人们却继续往门口的大垃圾桶里扔垃圾。

我们决定叫外卖吃。让一个不了解底细的陌生人做饭送上门来，听起来既危险又浪漫，搞得我们像苦命鸳鸯一样。琳子想点肯德基。虽然我吃素，但我还是同意了。毕竟，吃素只是个人喜好，而非规则。以前，我在亚洲其他的地方也吃过大蜘蛛和大蝎子。肯德基勾起了我的回忆。小时候，我住在渥太华，老爸曾管肯德基叫作“冠军鸡”。

20岁那年，我和父亲飞到温尼伯，参加祖父的葬礼。祖父的

情人节的早午餐

王凯的祖父霍德华·伍德曾是加拿大冰壶冠军。王凯长得很像其祖父

车库堆满了卷着毛边儿的奖状和报刊文章。祖父霍德华·伍德和曾祖父帕皮·伍德都是职业运动员，都曾入选加拿大运动名人堂、冰壶名人录，甚至入选吉尼斯世界纪录（冰壶运动条目）。我记得，祖父和曾祖父曾荣获 1940 年布赖尔冰壶锦标赛冠军，在《温尼伯论坛报》上刊登过一张他们获奖的照片。另一张照片摄于 1947 年，4 名队员骄傲地站在休斯顿汽车奖杯后面合影。大家都说我长得很像祖父。

我去楼下取快递，刚返回家门口又得掉头下去。备课的时候，老丈人给我们寄了一个包裹。他在屋顶花园里养了只鸭子。他把鸭子烤熟，作为小礼物，寄给我们。

新的一堂课马上要开始了。我坐在沙发上，支好手机和笔记本电脑，准备上课。过了一分钟，我才意识到沙发是湿的。我不能表现出任何异样。今天是我第一次和新学生上课。在屏幕那端，6 个 10 岁的学生及其家长在看着我做自我介绍。我意识到，自己坐在了奔奔的尿里。今天天气晴朗，我独自出门三回，老狗奔奔对我很生气。它不明白，为什么我都不带它出去遛弯儿了。真希望我能告诉它，这是为了它的安全着想。

一个斯多葛主义者，坐在一摊狗尿上，给一群叽哇乱叫的小孩上课，毫无怨言。这世上还有比这更糟心的事情吗？下课之

祖父霍德华·伍德和曾祖父帕皮·伍德曾是加拿大冰壶冠军

前，我们唱了一首歌。

下课后，我还是给奔奔好好擦了擦身体，毕竟它也上年纪了。

老丈人送的鸭子挺肥，但是很好吃。我们一起看了汤姆·汉克斯的电影《幸福终点站》。他那不同寻常的机场隔离经历，把我们逗得哈哈大笑。

第二章
运　动

期待疫苗问世

第22天。我起床喝了点速溶咖啡，没喝够。于是，我又煮了一大壶现磨咖啡，坐在洒满阳光的窗前细细品味。我网购了点咖啡豆，不知道何时才能寄到。随着外面的一切步入正轨，这个月应该能寄到吧。

今天，我给琳子的家教学生上了整整6个小时的网课。星期六成了我一周中工作量最大的一天。第一堂课，从早上10:00上到中午，学生都很乖。上网课的平台有点卡，时断时续，我们权当作课间休息。下课之前，我用尤克里里给学生弹了首好听的曲子。

我往吐司上涂了点鳄梨沙拉酱，夹上个煎鸡蛋，早午饭就做好了。明天，我打算尝试做面包。人生第一次自己做面包，我感觉既兴奋又陌生。

两个人住在空荡荡的楼里，有点遗世独立的感觉，怪怪的。我的邻居都是重庆外国语学校的外籍教师。根据学校“就地避难”的要求，他们有的滞留在第三国度假，归期遥遥；有的回国与家人团聚。诚然，现阶段与人接触有染病风险，独居反而更安全。我努力抑制恐慌情绪，将所有悲观情绪都压缩成一缕意识。

可喜的是，在中国的医院，医生正试着将新冠肺炎痊愈者的血清注射到患者体内，以治愈者血清中产生的抗体帮助患者战胜病

王凯用尤克里里给学生弹曲子

毒。疫苗的研发也取得了进展，再加上瑞德西韦、氯喹等抗病毒药物的临床试验，清除病原体似乎指日可待。

另一则新闻则比较怪异。对初次感染的猴子再次进行相同的病毒攻击，导致细胞因子风暴发生。也就是说，猴子的免疫细胞应激过度，产生过多的细胞因子，形成细胞因子风暴，无差别地攻击包括病原体在内的一切细胞，进而引发多器官衰竭乃至死亡。有专家担心，二度感染病毒对身体的伤害甚于首次感染。一百年前，这种情况就发生在西班牙流感患者身上。顺便说一句，其实西班牙流感并非始于西班牙。

希望夏天来临之前，疫苗能研发出来。天天就像是活在恐怖电影里一样，我实在是受够了。过大的压力就像痛点一样，悄悄爬上我的肩膀与背部。我抱紧了奔奔，与它一起深呼吸，直到感觉一切都会变好为止。

不过，对疫情的担忧，倒是转移了我的注意力。如今，我对气候灾难没有那么焦虑了。

第二堂课，是一个新的班级，进展十分顺利。离下一节课开始还有两个小时。我忙里偷闲，阅读威廉·吉布森的《代理》。第三堂课也很顺利。今天可把我累坏了，但这也许就是工作的本质吧。

重庆年龄最小的新冠肺炎患者果果痊愈了

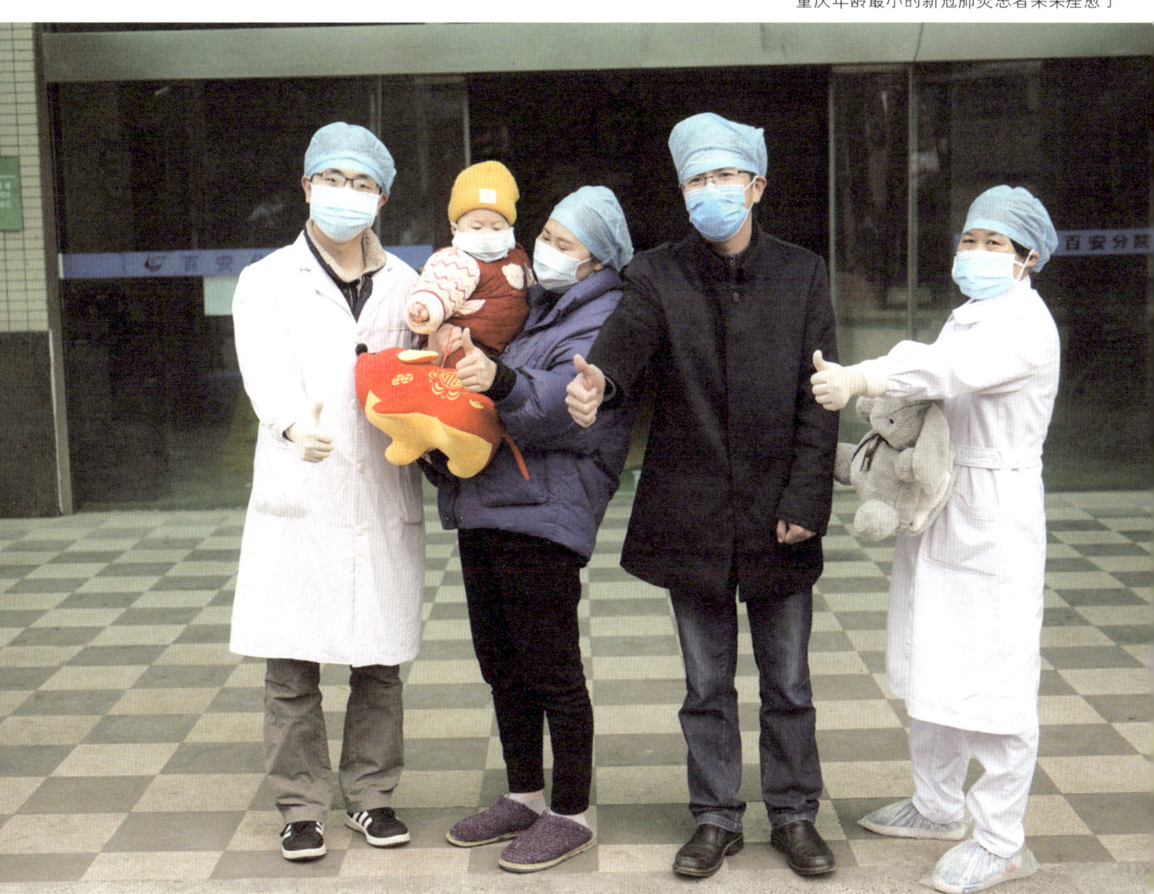

2020 2月16日 星期日

太空漫步

第 23 天。我感觉自己正身处某种疯狂的演习之中，为应对未来历史性的灾难而做准备。可以预见，像这样的极端避灾套餐必定价格不菲。

因为武汉“封城”，有大量返乡过节的铲屎官近期无法返回武汉，留守武汉的宠物无人看管。好消息是，动物保护协会的志愿者上门救助了近 5000 只宠物。志愿者用铲屎官提供的钥匙或是密码开锁，进入主人家为留守的猫狗喂食添水、打扫卫生。有的铲屎官还求志愿者破门而入，救助他们的宠物。

为了避免居民断电，学校行政办公室今天开门办公了数个小时，帮我们充电卡。在中国，需要预付电费才能用电，没有讨价还价。在这种情况下，学校办公室不得不开门服务居民。我戴上口罩、护目镜、手套，穿好放在家门口“红区”的外出服。走到保安室的中门，我将电卡和一些现金留在安检处。我没带笔，只好用公用笔来登记。转身离开时，我心想那支笔得有多少人用过呀？忘了带笔，我真是太愚蠢了！ 16:00，我还得回来以无接触的方式取回电卡。

我打算到大街上遛遛弯儿。十字转门已封，没有出入证出不去。但是，我从机动车出入口溜了出去，走向停放在大门口的顺丰快

重庆外国语学校的大门关闭了，不能从这里通行

递车。一位年轻的快递员正在整理包裹。两名社区工作人员朝我走过来，我抓拍了一两张照片。看着眼前这个戴着护目镜、穿着“宇航服”的笨拙“外星人”拿起镜头对准了他们，社区工作人员愣住了。没等对方发问，我就转身溜回了校园。

回到家，我消毒、洗澡，换上了居家服。老爸还没睡，我们又玩了一局国家冰球联盟的网上游戏。我当加拿大队，老爸是全明星队。加拿大男子冰球国家队队长悉尼·克罗斯比对阵“伟大冰球手”韦恩·格雷茨基，冰球巨星的巅峰对决。我在哈里法克斯上大学的时候，好友曾在科尔港区给克罗斯比修剪手指甲。克罗斯比很注重手部卫生。那一年，我的售根者乐队在 2010 年温哥华冬奥会育空区颁奖仪式上演出。也正是在那一届冬奥会上，克罗斯比带领加拿大冰球国家队打败了美国队，获得了冰球金牌。

早上，我吃维他命片，最后几片补锌片吃没了。摊煎饼的时候，煤气也没了。我利用热锅的余温把煎饼弄熟了。

琳子给我讲了一个故事，说有一名男子需居家隔离 14 天，到

大街上空荡荡的。形单影只的快递员给学校为数不多的居民送货

第 13 天的时候，他去公园散步，结果接到了老板的电话，让他马上回家。原来是人脸识别系统发现了他，于是人工智能系统通知他老板，要求公司催促该男子回家。在这场战“疫”中，中国采用人工智能和大数据技术，收效明显。而那些没有这些技术的国家该如何应对这场疫情呢?

情人节期间，数百万玫瑰花被销毁。今年最火的情人节礼物要数口罩、护目镜、消毒棉球。这就是疫情期间的爱情。这就是无接触时代的爱情。

2月17日
星期一 **2020**

流　星

第 24 天。都是我的错，对不起，我不是故意的。之前，我曾对流星许愿，希望能度过一个轻松、悠长、多产的春节假期。上课久了，反复咽痛，我只不过是想暂时解脱一下，集中精力写作，有所产出。没想到，搞成这个鬼样子。

我往面包片上涂了点鳄梨沙拉酱，一分钟内烤好奶酪。新鲜出炉的自制面包好吃得出乎我的意料。为什么之前我不自己烤面包呢？

耶，原来我有烘焙天分。

为了减轻学生负担，降低电子屏幕对孩子视力的伤害，学校的网课数量进一步压缩。午饭后，我们上了一堂课，学生们开心又放松。有些学生还给我做了一些好看的创意小短片，展示他们"非常时期的居家生活"。今天，我心情很好。斯多葛派哲学家艾比克泰德曾经说过："如果我们总是渴求未曾拥有的东西，就无法感到幸福。"幸福源于知足。今日无憾。与之前的周一比起来，这个周一过得挺舒坦。

一开始我还担心煤气站不营业，结果送煤气的人到校门口给我换了一罐煤气，还给了发票。我戴着手套，笨拙地捏着发票。路过一棵树时，我把发票塞到了树洞里。我才不想把任何外面的东西带回家呢。进屋之后，我开始安装煤气罐，但怎么都对不上凹槽，装不上。冷静！不就是个煤气罐吗？只要不搞砸，它就不会爆炸。不要有任何压力。我尝试逆时针旋转，结果还真安上了。

一罐煤气要 100 块钱，相当于 20 加元。琳子跟我要发票，等一切恢复正常后好找学校报销。我说，发票被扔进外面的树洞里了。凡事还是要看积极的一面。去大门拿外卖的时候，我从树缝里找回了那张发票，100 块钱也是钱呀！

重庆渝中半岛夜景

2月18日
星期二
2020

荒诞之旅

第25天。人是水做的。水占人体体重的60%。72%的地球表面被水覆盖。几个星期不进食，人不会死掉。但如果4天不喝水，人就活不下去。奇怪的是，我们却无法呼吸水。而且，人类极易感染肺炎。

“钻石公主”号新增确诊病例99例，累计确认病例454例，形势不容乐观。柬埔寨首相洪森带着鲜花迎接“威士特丹”号乘客下船，并与他们一一握手。希望他回家好好洗手。

自制的面包片儿，抹上点海南蜂蜜酱，夹上煎鸡蛋，就成了美味的早午餐。有个包裹送到了大门口，我穿好衣服下去拿。朋友安晓勇来电话。他怕我得幽居症，想带我在线“云游”市中心。

安晓勇走出居民楼，在出入证上盖了个戳，走进空无一人的商业区。我走到学校门口时，他正乘坐扶梯进入地下。屏幕那边的安晓勇发现，学校保卫处处长看到全副武装的我，瞪大了眼睛。毕竟，大多数人的外出装备仅仅就是一个口罩。

安晓勇哈哈大笑，他懂我。这就是个概率游戏。有些人走到街上，就一直埋头看手机，大多数时候，并不会发生交通事故。但是，长此以往总会有出事儿的时候。如果你稍微具备点安全意识，存活的概率就会更大一些。如今在中国，戴口罩，就像过马路要左右看一样，已经成为常识。但戴护目镜和手套，就有点像竖起耳朵防止被马路上的隐形车辆撞到一样。面对未知，我们一无所知。

列车进站，只有安晓勇一个人上了车，车厢里空荡荡的。安晓勇小心翼翼地站在车厢中间，哪儿都没摸。通过他的摄像头，我看到远处有个像幽灵一般的乘客，和安晓勇一起站在空荡荡的车厢里。

与此同时，我也走到了学校门口，拿到了写着我名字的小信封。是同事迈克寄来的。我把信封打开，拿到了他的房间钥匙。迈克让我到他家找到笔记本电脑，把课程计划发给他。为了表示感谢，迈克让我把他家里的小吃和矿泉水都拿走。

到了换乘站，安晓勇下车拍了张全景照片。车站里一个人都没有。这可是拥有3000多万常住人口的重庆最大的地铁站啊！这一切看起来好恐怖，好像全世界就剩下我们两个人一样。在重庆最繁忙的地铁3号线车厢里，我们看到了寥寥几个乘客，或是站着，或是坐着。站着的人之间，相隔大老远，坐着的人，一人一张长凳子。

我打开迈克的房间门，里面一片狼藉。很显然，他走得很匆忙，没来得及收拾。在沙发上，我找到了他的笔记本电脑。

安晓勇出了地铁站，途经普拉达和路易威登的旗舰店，大门紧闭，空无一人。商场只保留了一个入口。在入口处要量体温，不戴口罩不得入内。到了Olé精品超市入口，还需再测一次体温。

这时，我在迈克的房间里找到了一大罐矿泉水，在厨房里翻出一小盒香料和小吃。迈克让我把这些食物都带走，近期内他也回不来。

透过屏幕，我看到在Olé精品超市里，工作人员忙着为顾客服务，并整理货架。安晓勇走到了啤酒区，货品很全。他问我要不要给我寄一罐科罗娜啤酒。（科罗娜是墨西哥著名啤酒品牌，其英文名与新冠病毒重名。）我们俩会心一笑。几个顾客戴着手套往购物车里面装货品。除了人人都戴着口罩，整体氛围并不紧张。

重庆高峰期的地铁车厢空得有点吓人

地铁扶梯上一个人都没有，无人同行，感觉怪怪的

普拉达及其他奢侈品牌店面大门紧闭，空无一人

感谢晓勇，带我“云游”市区。我离开迈克的家，回家消杀洗漱。

安晓勇打车回家，在小区门口测体温，出示身份证和门禁卡后才能进入居民楼。

今天有 80 多项药物在进行临床实验。目前药效明显的是氯喹——且让我们称它为“氯喹女王”吧。

每年 3 月份举行的“两会”，可能要延期。而重庆也取消了计划于 3 月 22 号举行的国际马拉松大赛。

截至昨天 24 时，重庆累计住院确诊病例 323 例，其中 36 例为重症患者，13 例为病危患者。死亡病例 5 例。痊愈出院 225 例，这是个好消息。但疫情未除，我们还不能放松。

琳子说我的汉语讲得越来越好了。我下载了几本电子书，如《坏蛋生存技能》《准备者生存用药手册》等。我通读了《英国第 22 特别空勤团城市生存指南》。做好充足的准备，让我备感心安。

2月19日 星期三 2020

冰箱下的水

第 26 天。冰箱底下出现了一摊水。我并非要唠叨一些无关紧要的事情。我漂亮的美利奴棉拖被泡了。没有它，我的脚会冻坏的。重庆的纬度跟迈阿密差不多。大部分时间里，重庆是中国的火炉，但是冬天却没有集中供暖，有点冷。当务之急是把棉拖烘干。

昨晚，我辗转反侧，焦虑得无法入睡。早上起来有点烦躁，吃完早午饭后，我好多了。我们摊了煎饼，我开了一罐蔓越莓苹果酱，是在加拿大魁北克省的曼索地区买的，一直没舍得吃。那天，我们途经曼索的一家路边小店，店里堆满了各种各样被切碎的蔓越莓干。我们靠边停下来，与老板讨价还价。我坐在装满蔓越莓干的袋子上，背靠枫树，闭上双眼，嘴里嚼着蘸奶酪西红柿酱的薯条，任由夏日慵懒的风，轻抚着我的脸庞。茂密的蔓越莓灌木丛，在风中摇曳，忘乎所以。

截至昨天 24 时，中国累计确诊病例 74185 例，其中累计治愈出院病例为 14376 例，死亡病例 2004 例。目前，重庆现有确诊病例是 296 例，治愈出院 254 例，累计死亡 5 例。研究证明，在封闭的环境中，气溶胶能够传播病毒。政府建议民众开窗通风透气，不要使用中央空调。

我用小小的豆子，发出了豆芽，真是不可思议！我很开心。接

新鲜的豆芽；密密麻麻的冰箱贴，满载着我们周游世界的回忆

下来，我要尝试种葱、蒜、芹菜和生菜。

朋友打电话告诉我，好兄弟西蒙和女朋友就在“钻石公主”号上。我给西蒙发短信确认。西蒙说，那是老黄历了，他下船有一阵子了。西蒙跟在船上的朋友还保持联系。“钻石公主”号事件，整个就是一出铜锣秀。科学家指出，“钻石公主”号的海上隔离是彻头彻尾的错误之举，使邮轮变成了“病毒培养皿”。但科学家没有说明，3700 余名乘客和船员被困在各自的房间里，病毒如何在他们之间传播。一对退休的英国老夫妇在“油管”上，直播了他们的海上隔离生活。今天，身穿防护服的人，用塑料板把邮轮大厅的通风孔封上了。一周后，这对夫妇将被转到医院接受抗病毒治疗。每个人都要小心，别被隐形的车辆撞上。

卫生间里的热水器开始漏水，我放了一个桶接水。琳子还是很担心。我们不想叫人上门维修，干脆把电给拔了。

我很爱我的妻子。即使按照重庆的标准来衡量，琳子也是非常坚强的女人。她就像《星球大战》里的尤达大师，虽然严厉，但能给予人爱的心灵力量；我与琳子在一起，就会像电影《反斗智多星》里的蒂亚·卡雷尔和喜剧天才比恩先生那样，发生化学反应。虽然琳子对我要求很高，但她是绝佳的人生伴侣。

我今天又烤了个面包，又有新面包吃了。

重庆市人民政府发布了复工复产指南。这份指南看上去很合理，但执行起来恐怕有点难。乘坐公共交通工具时，乘客之间保持一米以上的距离，佩戴口罩和手套。自驾车上下班，尽量避开高峰期。在办公区，人与人之间保持一米以上的距离，佩戴口罩，在线办公。保持办公区环境卫生，进入办公楼前接受体温检测。使用带盖子的容器喝水。尽量走楼梯，开窗通风，勤洗手。在用餐方面，饭前洗手，分餐进食，鼓励自带饭，不要分享食物。在卫生间排队时，要与他人保持一米以上的距离，如厕后把马桶盖合上再冲水，把手充分洗干净。当然，很多时候制定原则，是为了让公众朝这个方向去努力，而不是强制完全做到。

2020 2月20日 星期四

保留意见

第 27 天。物质的分子结构由原子间的化学键所决定。在电子显微镜下，立方体看起来像古老的纪念碑，将秘密隐藏在立方体棱镜的凹槽。那就是保留意见。

晚上，我不想再没完没了地刷关于新冠病毒的视频，而是看了一段斯多葛派关于死亡反思的视频。看完后，焦虑渐消，原本沉重的心情也获得了片刻安宁。人终有一死。关于死亡的反思源于古代。难道我就那么害怕死亡吗？害怕死后无法再窝在沙发里狂刷网飞电视剧？如果人终将一死，我应该思考如何过好这一生。我最终还是睡了几个小时。当你意识到人难免一死的时候，就不怎么害怕病毒了。

在做饭和打扫卫生的时候，我还是无法抵制知情权的诱惑，又开始听新闻，做笔记，写书。我尽量远离窗户，保持低调。我知道，那个可怕的东西就在窗外。虽然人的肉眼看不见它，它却能置人于死地。我看不见它，甚至不知道它是什么，但它能看见我。所以我们猫在家里，孤零零地躲在楼里，把窗帘拉上，把下水道盖上，希望能逃过它的猎杀。

我做了香蕉煎饼。打扫卫生时，我发现地板有些玻璃碎片，捡起来的时候，把手划破了，血流如注。黑红黑红的血，就像陈年的红酒，把水槽都染红了。我的DNA顺着下水道，四处扩散，诱惑病毒来找我。最终，手指上的伤口凝固了，省得包扎了。

韩国大邱市出现了个超级传播者，以一己之力感染了几十号人。如今，这个拥有250万人口的城市，也像中国一样，寂然无声。

"'钻石公主'号就是一台新冠病毒的生产机器……我非常害怕。"曾参与抗击埃博拉和非典病毒的日本传染病学家岩田健太郎如是形容"钻石公主"号的惨剧。"钻石公主"号的海上隔离，不是由医生来主持，而是由政府人员来管理。船上的工人戴着受污染的手套吃饭。在岩田健太郎下船自我隔离期间，"钻石公主"号上的乘客大摇大摆地入境日本。看来，这是要影响夏季奥运会的节奏啊！下午，日本发布消息，考虑推迟甚至取消2020年夏季奥运会。被我说中了！

如果说这出海上惨剧给了我们什么教训，那就是——应该让专家而非政府官员来应对疫情防控。

我对着镜子检查自己的牙齿，不知道什么时候才能去看牙医。看看我都在想些啥啊？！此刻去看牙医，简直就是一次既难受又危险的惩罚。从科学家的角度看，当牙医让你张口说"啊"的时候，其实就是张开气道，使气溶胶传播成为可能。

晚饭过后，我接到了一个男孩的电话。他是校长的朋友，要参加重庆市庆祝中华人民共和国成立70周年的演讲比赛，想请我指导，以期胜出。在演讲稿中，男孩立志努力奋斗，让祖国变得更强大、更闪耀。我纠正了他的语法和发音错误。他是一个很开朗的小家伙。

重庆市经济和信息化委员会公布的信息显示，本市大部分大公司已经复工。据报道，市区到处都提供消毒洗手液。

我已申请新版游戏《赛博朋克2077》的测试资格，或许能找点写体验报告和游戏剧情脚本的活儿来干。美国国会参议员伯尼·桑德斯宣布参加2020年美国总统竞选。他是个激进主义者，注重环保，我很喜欢他，跟在华的美国人说了他不少好话，为他拉票。做这件事情，我觉得很有意义。我们比任何时候都需要更注重环保的领导人上台。

不知道为什么，总有一首歌在我脑海里回响。

我相信　我会看到未来
因为我日复一日地
坚守着曾经的梦想
然而
也许又是梦一场
——九寸钉乐队《每天都一模一样》

2016年，我和琳子在加拿大“路过不留痕”未来森林节上参加“东方之光”国际巡演

2月21日
星期五 **2020**

疫情期间，过的是啥鬼日子啊

第28天。我在公寓的地下室处理一大堆尸体。我们在油布下找到了一台碎木机。启动开关，碎木机轰隆作响，我吓得尖叫起来，连忙往后退。粉碎到一半的时候，邻居“砰砰砰”地砸门。在碎木机低沉的轰隆声中，我冲着琳子大喊：“快烧点热水。”我早早被惊醒了，出了一身冷汗。这是什么鬼？可怕的噩梦！

约翰·坎贝尔医生就新冠肺炎疫情在线答疑，包括我在内，有4000余人围观。坎贝尔医生感冒了，咳嗽不断，但他还是很有耐心地回答了好几个小时的问题。我煮了点咖啡，打卡每日必看的病毒学家克里斯·马腾逊博士的视频。我给琳子受伤的肩膀上了药。目前中国境内新增确诊病例的数量不多，重庆很多公司已经复工。真好！

停靠在日本横滨港外的“钻石公主”号邮轮上病情最严重的两名患者居然是日本政府官员。一名乘客从横滨上船，继而在香港下船，被确诊为新冠肺炎患者。就目前，船上的新冠肺炎确诊病例已经达到了634例。

加拿大不列颠哥伦比亚省新增1例确诊病例，与伊朗入境者有关联。现在，加拿大的疫情防控重点已从严防中国输入转向了严防伊朗和全球各地输入。

复工后的重庆地铁车厢

学校通知同事返渝后要居家隔离 14 天。但加拿大、美国和英国的驻华大使馆还是建议我们离开中国。旅游业一日不解封，公共聚会一日不解禁，我就不想开学，宁愿在线授课。如果说去酒吧喝杯酒、去商场看场电影都会被传染，面对面教学怎会安全？

冰箱的封条松了，我的左腿也莫名地抽筋了，疼起来简直要人命。我擦了点缓解肌肉疼痛的山金车酊，伸直腿部。我的腿举曾达到 300 公斤。如今，小腿肌肉又单薄又松弛。今天，我又掉了一公斤膘儿，夏天之前估计还会掉几公斤。

我穿上衣服，出门取快递。在学校大门口，拿到了我的包裹，是个用塑料膜包裹起来的白色大泡沫箱。回家的路上，我撕开外包装，用指甲划开封口。哦，原来是鱼。

冲澡的时候，我想象自己是个盲人。这样做有三个好处：消除我对失明的恐惧；感恩还能够看见这个世界；洗头时不用担心新冠病毒会感染眼睛。

琳子花了整整两个小时来打扫卫生，准备大餐。

昨天，韩国大邱市的“超级传播者”参与了一个宗教活动，

半夜取快递

以一己之力，感染了近百人。大邱市数百万居民也开始居家隔离，躲避疫情。随着航空业的发展，病毒能够在一天之内到达世界任何一个地方。但是，恐慌情绪的蔓延速度，比病毒传播还快。

我拿到了免费玩 PS4 的游戏码。运营商在招募作家，让我先试玩一下，好给他们写游戏剧本。玩兴正酣时，琳子进来了，提醒我备课。我把游戏手柄收起来，告诉她我正忙工作呢。琳子无法理解。每当这种时候，就是我们彼此沟通困难的时刻。

在爱尔兰的一个偏僻岛屿上，有家咖啡店正在招募一对天性乐观的夫妇来打理店面，免费提供住宿。我提交了应聘申请，偶尔做一下白日梦还是蛮有意思的。我很矛盾，有时候怀念往日的都市夜生活，有时候又想在魁北克省买座小木屋，过上田园牧歌的日子。

快半夜的时候，又收到了一条快递短信。我再次穿上外出服出门。我跟琳子商量好了，凡是外出的任务都交由我来完成。她已经两个星期没出门了。透过护目镜灰蒙蒙的雾气，我看到了点点灯光，闪烁迷离。一首小提琴曲萦绕耳边，听起来像恐怖电影的配乐，令人毛骨悚然。环顾周围，一个人都没有。太吓人了！疫情期间，过的是啥鬼日子啊！

2020 2月22日 星期六

东山再起

第 29 天。我睡得很好，状态也不错。上午，我上了一节网课，学生的欢声笑语和研磨咖啡豆的声音交织在一起。午饭，我们吃了著名的重庆小面。也许未来有一天，我们会搬回加拿大，找个风景如画的地方，傍水而居，开家餐馆或烧烤店。

面对从武汉撤离回来的人员，乌克兰人恐慌不已，与运送车队发生了激烈冲突，警方出动后车队才得以冲破民众的包围。恐慌情绪在社交媒体上的肆意蔓延，和病毒传播的危害一样大。

随着疫情的蔓延，意大利和伊朗民众开始在公共场合戴口罩。

韩国的大街小巷也变得空荡荡的，跟中国如出一辙。

一名加拿大女性在伊朗感染了新冠病毒，拉响了警报。加拿大政府和疾控中心的问询内容也变了，不再仅限于“你是否曾经去过中国或者认识去过中国的人”这一个问题。可见,形势确实变了。世界上有 30 个国家出现了新冠肺炎确诊病例，互相传染，病毒携带者有可能来自世界任何一个地方。我们要倍加小心，以遏制病毒的传播。一线医护工作人员也得做好准备。

午饭过后，我整理了一下电脑文档，看了点书。下午，我们又上了一节网课。晚饭吃得很早，有炸土豆、鱼，还有绿叶菜。晚上，上完最后一节课，我终于可以放松一下了。让自己忙碌起来，时

重庆市区

间就过得很快，也很舒坦。我决定以后只在白天看关于疫情的新闻，晚上做自己喜欢的事情。

中国国家主席习近平说，疫情拐点尚未到来，形势仍然很严峻。这让我松了一口气。人人都希望疫情结束，但这需要时间。现在还不到可以互拍肩膀、长舒一口气的时候，否则之前所有的努力都将付之东流。只要今年夏天能回加拿大看外婆，让我做什么都可以。

我的快递又到了，有狗粮、咖啡，还有牛油果。我跟好友斯图聊了一下，他给了我很多鼓励。他乐观、冷静，又富有洞察力。

孩提时代出现的东西，让我们感到惊奇。这是怎样的一个时代呀？小时候，孩子们都在户外撒欢。我见证了手机的诞生。它从大块头的大哥大，变成翻盖手机，再到如今的智能手机。电子游戏的画面也从平面变成了虚拟现实，栩栩如生。放眼未来千年，人类将迈入数码时代。而我见证了这个时代的开始。我记得，互联网尚未问世之时，得通过本地电子公告栏才能连接到其他电脑。

重庆市赴湖北省孝感市的援鄂医疗队开拔

在我的一生中，全球化从一个理念变成了完全由人工智能自动控制的现实。对于全球几十亿人口而言，便捷、经济又靠谱的全球交通网络已经成型。过去，舞曲都上不了台面，如今已走进了音乐会，变成电视广告和鞋店的背景音乐。我经历过西方世界的高光时刻，其经济、文化、世界影响力，独领风骚。当中国的经济文化日渐繁荣，变成世界第二大经济体时，我又迁居到了中国。

每天，自动化和人工智能都在颠覆着世界运转的方式。也许，新冠病毒会给全球运输链带来冲击，但这种冲击只会让我们变得更强大，更坚韧。风雨过后，我们定会东山再起。

2月23日 星期天 2020

谁有耐心，谁就赢了

第30天。英文“quarantine”（隔离）这个词源自意大利语“quaranta giorni”，意为“40天”。为了防止黑死病传入威尼斯，所有停靠威尼斯的船只必须在港外隔离40天，以确认船员没有携带病毒。但是老鼠往往会从船上跳下来，把黑死病传到各个角落。还有10天，我就完成真正意义上的隔离了。

我闭上眼睛，沉浸在过去的美好回忆中。我们曾徜徉在普罗旺斯一望无垠、风景如画的薰衣草花田里。饥饿的蜜蜂欢快地在我脚边嗡嗡作响。我们曾泛舟环游圣托里尼岛附近的火山，庆祝琳子的生日。我们也曾拖着大大的行李箱，穿行在古罗马的鹅卵石街区里，坑坑洼洼的路面弄坏了琳子的行李箱，也拉伤了她的肩膀。那天，我眼看着一位老妇人在熙熙攘攘的广场正中央摔了个狗吃屎。她脸着地，跌倒在人来人往的人行横道上。惊慌失措的家人把老人扶到路边，累得满头大汗。她的鼻子血流如注，滴落在古老的石头上。这情景，像极了意大利语所说的“我勒个去”，流这么多鼻血。

虽然关于欧洲度假的美好回忆仍历历在目，但那段时光已逝去许久。我休息了一下，帮琳子按摩肩膀，吃了点麦片、煮鸡蛋和鹰嘴豆泥抹吐司片。

好吃到爆的墨西哥肉卷。宅家的日子里，一道新菜都能让生活增色不少

我们上了两节网课，第一堂很顺利，第二堂则很糟糕，声音总是延时，我几乎想要放弃。通常，我会让学生摘下耳机，但今天我不得不催他们戴好耳机。我干脆让琳子主讲，撒手不管了。琳子说我肯定在低声咒骂。我反驳道："错！你又不会读心术。"

琳子气呼呼地跑到厨房，把锅摔得哐当响。疫情全球大流行期间，吵架有风险。你又不能摔门而去。谁有耐心，谁就赢了。

明知是异想天开，我还是上网搜索了一下经由泰国返回加拿大的航班。现在离开重庆的航班也只有这一趟了。韩国已发布安全提醒，建议公民不要前往泰国曼谷。也许明天泰国也会发布同样的出行警示。反正，往返泰韩的机票也很贵。飞天意面怪保佑！

我重新登录了文学创作网站 Scribophile，给本地读者新建了一个群，叫作"重庆火锅和诗歌网络协会"。

好兄弟磕破了膝盖，想去医院看看，又有点害怕，问我的意见。我建议他冰敷、热敷，然后就祈祷老天保佑吧！

我热了点炒豆泥，撒上葱蒜，将鹰嘴豆泥、番茄酱、芝士、辣酱抹在卷饼上，再卷上个煎鸡蛋，热呼呼的墨西哥肉卷新鲜出炉了！太好吃了，简直让人永生难忘！

要是来点啤酒就更好了。

今天很冷。我盼着天气快点暖和起来。我跟朋友安晓勇煲电话粥，聊生活的荒谬之处，笑到肚子疼。没错，我是"妻管严"，那又怎样？！你知道这世上还有谁是"妻管严"吗？英国文学巨匠莎士比亚、美国科幻先驱洛夫克拉夫特。

打扫卫生

第31天。正常化偏见是指当人们习惯了一样东西后，就会认为它将一直按照这种方式发展下去。这种偏见会导致人们低估灾难发生的概率及其严重性。当我们谈到环境、可持续发展、动物权益、传染病等问题时，正常化偏见往往就会出现。

备课时，我喝了一杯浓烈的黑咖啡。我的内心，就如这杯咖啡一样，强大而笃定。意大利超市的货架被抢购一空，我把相关照片发给了几个朋友。如果这些信息无误的话，我们能做的就是做好准备。是时候囤上几个月的食物和药物了。摆脱正常化偏见的第一步，就是要具备形势意识，相信你的直觉。

来自重庆30个区的500名农民工搭载专列前往浙江。今天报道，昨天重庆新增2例确诊病例，新增治愈出院病例7例；确诊病例234例，其中，21例为重症病例，10例为危重病例；累计死亡病例6例；治愈病例335例。

我费了很多口舌说服琳子多买点米。三包米，当天将寄达。我戴上耳机，调大音量，听我翻唱的歌曲《我的科罗娜》。现在，我们有足够吃几个星期的叶子菜、牛奶、酸奶，但没有米。琳子说，她最喜欢的泰国香米卖没了，我一点都不感到意外。

虽然我确信疫情会很快过去，但我还是把家里所有的矿泉水瓶都灌上了凉白开。以每人每天喝两升水的量来算，得囤上一个月的饮用水，我才能安心。

我开始了新的节食计划，一天就吃一顿饭。据说每天禁食 23 个小时，有助于清除体内的死亡细胞，增强免疫力。午餐，我吃了 3 个煮鸡蛋，藜麦，单面涂满鹰嘴豆泥、番茄酱、辣酱的面包片儿。量实在是太大了，我好不容易才把这些东西塞到肚子里。但太阳下山时，我肚子又饿得咕咕叫了。

地板很脏，踩上去黏乎乎的。我好怀念家庭保洁阿姨，人好，收费也不高。6 年来，她把我们家打扫得一尘不染。如今，阿姨回村里去了。我花了两个小时才把地板擦干净，其间还摔了好几跤。

我改装了一下磁条，修理冰箱门。老奔奔在客厅里随地拉臭，弄得到处都是。黑球被关在阳台外面。它表情严肃，目不转睛地盯着我，尿了一大泡尿。气得我冲它们直嚷，嚷得嗓子都疼了。没办法，我又重新把地板擦了一遍，总算把房间打扫干净了。

热情·目标·进步

第32天。我熬到半夜才睡。亲朋好友中，有人居住的社区已出现新冠肺炎病例。我发信息给他们鼓劲儿，提供应急备灾清单，希望他们小心应对。虽然新冠肺炎全球大流行的消息已见诸报端，媒体也提醒政府可能会采取像意大利时尚之都伦巴第北部地区那样严格的隔离措施，但是很多亲朋好友对疫情的严重性尚未警觉。

琳子一起床就咳嗽，我暗自担心。这两天，她越来越沉默，脾气也变得有点古怪。但她还是起床给我摊煎饼。我喜欢就着煎饼，喝酸奶和咖啡。饭后，我们狂刷电视剧《致命钥匙》。其间，我偶尔工作，锻炼身体。《致命钥匙》改编自乔·希尔的作品，很赞！乔·希尔长得跟他父亲斯蒂芬·金极像，简直就是一个模子刻出来的。

大好消息！中国将全面禁止非法野生动物交易，革除滥食野生动物的陋习。在历经了“非典”和新冠肺炎疫情之后，中国推出“禁野令”，令人欣慰。是时候这么做了。没有买卖就没有杀害。我希望“禁野令”长期有效。如此一来，人类从今往后会更加爱护老虎、鲨鱼、熊等野生动物。

狗狗们又开始捣蛋，随地大小便，以示抗议。真希望我能让它们明白，现在外面很不安全，带它们出门遛弯儿，可能会被感染，而且还会成为别人的攻击对象。毕竟，有些本地人认为，宠物携带病毒，会影响人类健康。

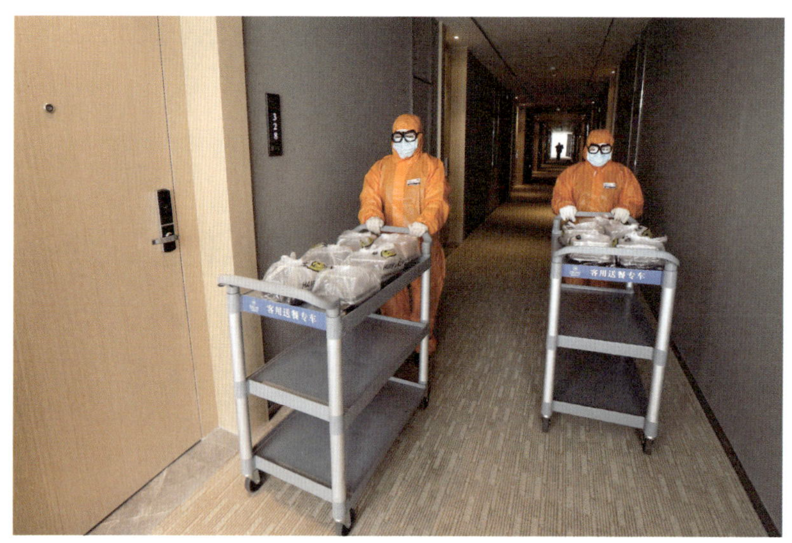

重庆渝北区定点隔离酒店的工作人员给隔离人员送餐

在英国和德国的朋友向我咨询关于医疗保险的事情，我不太清楚。政府提醒我们赶紧回国，但回国后医疗保险不知道能不能报销。最近两天，重庆新增确诊病例仅一两例。其中1例是肉铺工作人员，已住院治疗。那个肉铺离我们学校很近，走路也就五分钟的路程。附近营业的店铺不多，肉铺是其中一家。

今天，我“破戒”了。本来，我决定一日只吃一餐。可帮琳子做好晚饭后，我忍不住跟她简单吃了点蔬菜和米饭。不吃新鲜的绿叶菜，真的让人无法忍受。

由于武汉市内酒店已全被征用作隔离点，武汉紧急征用7艘客轮，以安置全国各地支援武汉的医疗队。

节食太难了！ 9:00左右，我偷吃了一块奥利奥饼干。我看了会儿《神话任务：群鸦盛宴》，讲的是游戏制作公司的故事。在重庆的游戏公司工作，是怎样的体验？我应该会乐在其中吧。我会给他们写精彩的故事，然后看看效果如何。

琳子吃完晚饭就睡了。我看书，估计也会早睡。疫情会持续很长时间，我不再疯狂跟进各种突发消息。我该放松一下了。

2月26日 星期三 **2020**

自制蛋糕

第33天。上午11:11，我起床，许了个愿。失联多年的老友纷纷与我联系。今天，我有很多好玩儿的事情要做。不过，美好的一天还是要从听新闻和喝点浓咖啡开始。

我收到学校通知，说得去税务局拿发票才能领工资。我告诉学校，可以缓发我的工资。取包裹时，我看见一位快递小哥进入了我们楼里，我感到意外。琳子说生活即将回归正轨。对此，我持保留态度。

居家隔离，深居简出，并非毫无风险。武汉一女子未感染新冠病毒，却怀疑自己“中招”了，便自行网购硫酸羟氯喹片，24小时内过量服用了18片（1.8克），出现了恶性心律失常症状，被送入了重症监护室。这种恶性心律失常会导致猝死。可见，过量服用氯喹，可以置人于死地。特朗普发推吹捧氯喹能治疗新冠肺炎后，一些尼日利亚民众因过度服用而命悬一线。

我用尤克里里编了个新曲子，注册了麻省理工学院的在线课程，是关于“人类病理学原理和实践”的内容。为了提高学习效率，我订购了病理学课程包。我休息了会儿，沉浸在刺激的科幻小说中。

隔离一个月后，返渝人员会不会携带病毒，传染给我们？如果出现这种情况，中国政府会采取什么措施？会二次“封城”吗？

和煦的阳光从窗外照射进来。我坐在窗前，给桌游《龙与地下城》的小塑像上色。我的肩膀放松下来，眨眼间，仿佛回到了少年时期。那一年，我 12 岁，和老爸一起逛街买英雄和怪兽的小塑像。小时候，我画画很好。再次提笔，我恨不得把所有小塑像都涂上颜色。我控制住自己，耐心地把上色笔弄干。我要学会控制自己。允许自己犯错，是激发创造力和提升幸福感的基本前提。

琳子想买点维生素，但存货都送到武汉港了。今年夏天，我们打算回加拿大，得囤点维生素。有时候，我真希望买个小木屋，隐居乡野。但转念间，又觉得住在科技发达的大城市也挺爽。

我用芥末酱做了比萨棒。芥末真是神奇的东西，提神又刺激，呛得我直流眼泪。晚饭，我们吃了面条。琳子跃跃欲试，想做蛋糕，我积极响应，给她打下手。其间，两人都没说话，琳子对我还是有点生气。蛋糕做得很成功，琳子很满意。有时候，既然生活磕破了你的鸡蛋，那就做个蛋糕吧。

壮起胆，采购去！

第 34 天。勇敢不是不害怕，而是明明想要逃，却竭力抑住恐慌，稳住阵脚。虽然我感到恐惧，但自己还算是个勇敢之人。但是，我从未经历过长达数周，甚至一个多月的高压状态。目前，我还没找到释放压力的方法，看来得另辟蹊径了。

在 18 世纪早期，我母亲娘家有个叫罗布·罗伊·麦格雷戈的亲戚，勇敢捍卫苏格兰的家园，赶走了侵略者和强盗，成为当地

1896 年，王凯的先人麦格雷戈一家人在加拿大爱德华王子岛省。法文 “Srioghal mo dhream” 意为 “王室血统”。王凯的祖先是达利雅德国王的后代

的民族英雄，昵称“苏格兰罗宾汉”。面对病毒，我得像伟大的罗伊叔叔那样勇敢，冲它喊：“滚开，你这个隐形的寄生虫！”

中国医生李文亮去世了。他曾在病床上说，自己“有些大意了”，给年老的无症状感染者做检查的时候，没戴口罩。也就是一会儿工夫，就被传染了。住院两周后，他还从ICU发出微博，说希望康复。没想到，他的病情很快恶化，不幸去世。不要以为只有老年人才是易感人群。

我通过社交媒体，多方联系亲朋好友，提醒他们做好准备，以应对可能会暴发的疫情。这么做很累，但如果我不这么做，一旦疫情暴发，亲朋好友们会很被动。当朋友夸我勇敢时，我笑了。先人一步直面疫情，并不说明我就比别人勇敢。我们都要保重，好好活着。我很担心身在加拿大的家人出门遛弯儿时会被感染。

昨晚，我熬了个通宵，查阅关于治疗新冠肺炎药物的研究文献。虽然中国的疫情形势趋稳，但我还是固执地认为，有必要做好万全的准备。我在加拿大《麦克林》杂志上读到一篇好文，是关于迈克·克雷蒂安博士的故事。迈克·克雷蒂安是德高望重的科学家，也是深受加拿大人民爱戴的前总理让·克雷蒂安的兄长。克雷蒂安博士正尝试用高剂量的槲皮素治疗新冠肺炎。槲皮素是一种植物提取物，曾用于埃博拉和“非典”病毒的辅助治疗。他要来中国参与槲皮素治疗新冠肺炎的临床测试。

这可是个振奋人心的好消息。凌晨5点，我躺在被窝里，搜索卖维生素的网店，不小心把琳子吵醒了，她很抓狂。最终，我找到一家店还剩1瓶维生素和4瓶槲皮素，我都买了。

起床后，我浑身没劲儿。我们就着咖啡，吃了点蛋糕。我和身在多伦多的利兹开了个会，给海外的美国民主党人士发布了点信息。我十分崇拜为民请命的政治家。在年轻人眼里，疫情的全球大流行对地球母亲来说，是件好事儿。我心里也清楚，是时候采取绿色新政来保护地球了。

今天，中国境外新增病例数量首次反超中国。这非同小可。很多网民还在嚷嚷“这不过就是流感”或“我又不是老年人”。在我看来，这可不是流感。之前，我可从来没有因为流感而居家隔离，也从未看见学校因为流感而停课一个月。

我称了体重，又瘦了 2 公斤。琳子的 Salsa 舞教练是古巴哈瓦那人。她打趣说，我身上的膘是不是刷微信给刷掉的。不知道，可能我就是易瘦体质，也有可能是因为新冠病毒带来的压力过大。

我密切关注伊朗的新冠肺炎疫情局势。伊朗的新冠死亡率出奇高，这说明狡猾的病毒可能已经变异，或者当地有成百上千的病例还未上报。加拿大用一套复杂的数学模型，推算出伊朗的实际感染病例已达 18000 例。伊朗尚未禁止公共聚会。邻国纷纷封锁边境，停飞航班。

网上买不到大米了，我决定穿上外出服，出门采购。大街上空荡荡的。经过公厕时，我屏住呼吸，以免吸入有毒的气溶胶。我调整了下护目镜，以免戴上不到 5 分钟就起雾。今天，超市里很安静。

在超市里待的时间一长，我感觉自己暴露了。我开始恐慌，是

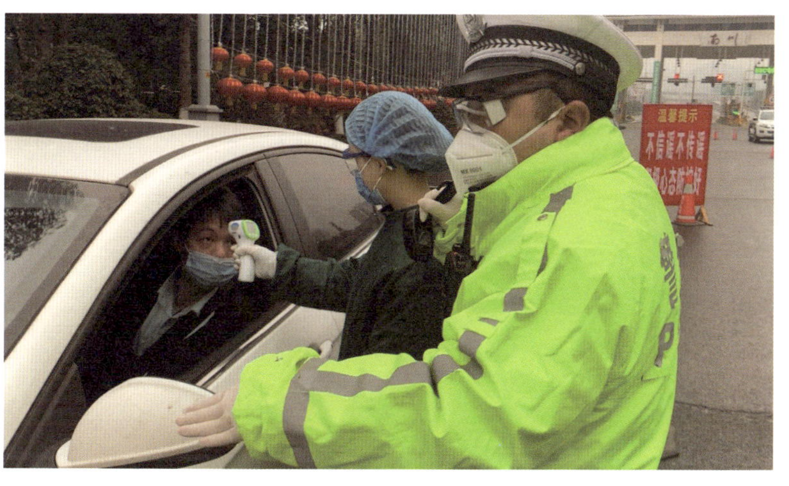

工作人员给过往路人测量体温

继续采购还是赶紧走？我是不是不该深呼吸？是否吸入了太多空气？我一点也不喜欢这种感觉。我一边推着购物车，一边跟琳子视频聊天。路过饼干货架时，身后一名年长的男性突然猛烈咳嗽起来。我推起车，拔腿就跑，迅速逃离。

超市里的蔬菜供应充足，但我还是没买到蘑菇。袋装糖卖完了。去散装区，买到了最后一点底儿。我买了一大袋米、四袋“多力多滋”薯片、一堆蔬菜、意大利面和其他好吃的。我给琳子买了点肉。虽然东西挺贵，但物有所值。

我手提着四个沉重的袋子，走在回家路上，中途歇了一下，喘口气。几个警察把一些修鞋老人的摊儿给收了。我住的街区，半数的店铺都关门了。我经常光顾的裁缝店也关张了。到处都拉上了警戒线，我不得不绕道而行。我歇了一分钟，脱下几层保护装备，调整呼吸，以免温度过高而被拉去医院。

回到家时，我满身大汗，都喘不上气了。我把衣服都丢进洗衣机，冲进淋浴间，却忘了把热水器插上电，水透心凉。

韩国疾病预防控制中心通报称，一名 61 岁的韩国女性参加了在大邱市新天地教会的千人宗教聚会，其传染的人数占韩国病例的一半，引发了“超级传播事件”。该女性认为自己没有出国旅行史，只是普通感冒，拒绝做病毒检测。

我洗了会儿衣服，做了个土豆芝士芥末蛋黄酱三明治，吃了碗虾仁馄饨。嗓子发黏。我妈曾给我邮寄“渔夫之宝”牌的润喉糖，包得严严实实的。我吃了几片润喉糖，睡了个午觉。我喝了点紫锥菊茶，和琳子看电影。明天，我打算两耳不闻窗外事，专心做法式面包。

2月28日 星期五 **2020**

风向变了

第 35 天。起床，我吻了妻子，她也回吻我……她的气消了。吵架总有消停的时候。网上有人呼吁:“不要慌张！”在电影《银河系漫游指南》中，当地球遭遇灭顶之灾前，海豚纷纷逃离了地球。有没有人检查一下，地球上是否还有海豚?

我的电动牙刷彻底坏了。我们在北美度过一个悠长而美好的暑假。返华前，继母董敏将包装精美的电动牙刷作为礼物送给了我。我从囤积的物资里，找到了把新牙刷。某天，你拥有一样东西，接着一件又一件。不要觉得可惜，不过就是个牙刷。

虽然我很不想提这件事情，但香港的一只狗确诊感染了新冠病毒。没有证据表明，那只狗会发病或者将病毒传染给人。但恐慌比病毒跑得快，拴好你们的狗狗。

鉴于我这六年的辛勤工作，老板答应给我写一封推荐信。今天，我也给这些年最得意的门生写了封推荐信，希望她无论是在大学校园里，还是在社会上，都前程似锦。

我下楼取包裹。这件冬衣实在是没法穿了。穿上它，不一会儿我就大汗淋漓，热得喘不上气来。门卫将电子测温枪递给车里的女人。对方没戴口罩，还揉了下鼻子。她测完后，将测温枪递给身边的司机，后者对着自己的额头测了一下，又将测温枪归还给

王凯和琳子在户外停车场晒太阳

门卫。看，新冠病毒的传播就是这么简单。

我扎进堆积如山的快递里，苦寻不着自己的包裹，快要疯了。琳子让我淡定，但我就是死活找不着。最终，总算是找到了，是苹果。

早午饭，我们吃了鳄梨吐司。我还是拍了张照。阳光透过窗户洒进屋里，如同舞动的精灵，诱惑我们出门玩儿。我们决定穿上装备，出去透透气。

我们坐在停车场，啥都不做，呼吸着新鲜空气。琳子已经宅在家里好几周了。我脱下夹克、手套、口罩，戴上意大利手工制作的太阳镜，身穿 T 恤，沐浴在阳光中，尽情补维生素 D，皮肤被晒得生疼。

今天，重庆的温度为 18 摄氏度。淡蓝的天空中，浮云朵朵。阳光明媚，恍如春日。

上个月，我学习钻研，保持警觉，时刻准备着。面对疫情，我先是拒绝，感到愤怒，继而妥协，感到沮丧，最终只能无奈接受现实。虽然保持快人一步有点难，但我们会继续前行。不是人人都能渡过难关，但大部分人都会安然无事。对此，我深信不疑。

以前我是个大老粗，喝罐装饮品前，从不清洗罐口。如今，我深知罐口可能存在着无法忽视的东西。整个世界就像个舞台，充满了巨恐怖的东西！

迄今为止，我的人生很精彩，自我感觉不错。20 世纪 90 年代，我没能抵制住摇滚乐的诱惑，当了 20 年的巡演歌手。如今，却被一个与淡啤同名的病毒打败了，好恼火！

第三章

有效介入

2月29日
星期六

2020

闰 年

第36天。今年是闰年！哪怕是疫情当前，一年多出一天，何其幸运！

我早上9:00起床，煮了杯意大利浓咖啡。

10:00，网上授课，很有趣！我准备早午饭的时候，琳子穿上外出服，要亲自下楼取包裹。

我惊呆了！

我就像个忐忑不安的父亲，得知十几岁的女儿首次出门约会，在家里急得像只热锅上的蚂蚁。琳子取回了新包裹，跟个没事人儿似的。最近几周，琳子大门不出，二门不迈。如今，她终于出门了。

一切渐入正轨。我全身都放松了下来。我们备足了咖啡、水、鸡蛋、大米和其他必备物资，配给得很合理，我深感欣慰。重庆市政府采取了有力措施保障物资供给，超市里各类新鲜食物一应俱全。为了备灾，我囤积了一些并不急需的物资，但我并不后悔。

暖洋洋的阳光从窗户钻进屋里。我们给狗狗们脱下厚重的冬装，换上时髦轻便的春装，让它们躺在垫子上享受阳光浴。

虽然3月20日才是春分，但今天感觉就像个凉爽的春日。人们都说，重庆只有两个季节：夏季和冬季。作为中国的火炉，重

我们的狗狗，黑球和奔奔，想象自己正在外面享受阳光浴。

庆的夏季平均温度保持在 40 摄氏度左右。

琳子和我搭档上网课，配合得很好。14:00—16:00，我们又上了一节课。我制定了个音乐播放列表，名为“新冠歌单”。第一首就是歌手 RZA 和泰舒茶合作推出的最新单曲《引导式体验》(冥想)，我听了一遍又一遍，烂熟于心。每当听这首曲子，我紧绷的神经就会放松下来，感觉肩膀上的重担被一一卸下。我不再烦躁不安。慢慢地，我和琳子相处得越来越融洽。RZA 教导我，要有耐心；琳子告诉我，要有爱心。课堂上，孩子们很开心。

我提醒很多朋友做好准备，有些人积极响应，也做好了准备。有些人则较为迷茫，轻视我的提醒，问我是不是喝醉了或是人生进入了至暗时刻。他们真的看不清未来大势。只有居安思危的人才明白我的苦心。我能做的也就这么多了。

今天，境外新增确诊病例又一次反超中国。新型冠状病毒，又名“SARS-CoV-2”，是引发新冠肺炎的元凶。如今，它的足迹已

社区工作人员通知居民做好疫情防控

遍布 60 个国家。除南极洲外，无一洲幸免。每两周，病毒感染人数就增长十倍。如果人们再不居家隔离，不与他人保持社交距离，那么不出 4 月份，确诊病例将轻而易举地突破百万。这可不是吓唬人的。

今日，丹麦、阿联酋、阿塞拜疆、冰岛、立陶宛、墨西哥、尼日利亚、英国均报告了首例确诊病例。

法国、意大利、伊朗、韩国、日本的确诊病例像热锅上的蒸汽一样，蹭蹭往外冒。

从统计学的角度看，美国的病例数据荒谬至极。有人批评道，美国“不测试、不报告”，自欺欺人。当疾病全球大流行时，任何国家掉链子，我们都承受不起。但是，很多国家的病毒测试举措，就像业余击球笼一样，疏漏百出。据报道，有人举报美国政府官员对隔离一无所知，更不要说严格遵守隔离措施了。雇员未经病毒检测，就自由进出位于美国加利福尼亚的空军后备基地。有些人还搭乘民用航班，飞往全国各地。

各方经济学家和党派人士一致认为，美国股市大跌，将影响特朗普连任。

琳子和我享用了一顿美味的中餐，各色蔬菜和冒尖儿的米饭。时间飞逝，我上完了最后一节课，十分沮丧。一次次延时，一个个失误，慢慢耗尽了我积攒起来的能量。也许是我太心急了，秉着先进的教育理念，教一群玩电子游戏甚于学习的孩子。无论如何，总算熬完了一节课。

和老爸通电话，听他描述了家乡严峻的疫情防控形势，简直令人悲愤！渥太华的开市客超市给每位顾客分发消毒湿巾，要求顾客擦手再进门。有些人不想擦手，排队争辩。有些顾客已经戴上了口罩。超市的很多货架被抢购一空。水、清洁用品、食品和卫生纸，成了抢手货。

个别戴口罩的人，在超市里摘下口罩，试吃免费的面包丁。上帝保佑他们平安无事吧！

意大利决定不再通报关于无症状感染者的数据。如今，意大利的国内生产总值增速在欧洲倒数第一。我们得假定，无症状感染者也具有传染性。据报道，在医疗设施和口罩交易价格上，欧洲各国上演了一出尔虞我诈的大戏。因为特定的原因，除了亚洲的几个生产大国，全球的医疗设施和口罩普遍短缺。

在向国会报告时，美国疾病预防控制中心的头儿说，不推荐民众采取特殊的防护措施。但是，其官网的说辞却截然相反，也更合理：公众要做好心理准备，学校会停课，大型聚会减少，居家隔离，让担任非要紧职务的人员暂时下岗。

我们吃着重庆辣味小吃，看看电视，度过了慵懒的下午时光。不去想嘈杂的外部世界，我们就能感到快乐。

股市缓慢下行，很多分析师预测，未来几周，股市会跳水，全球供应链将受到冲击。赶紧采购必需品，备好头疼脑热、感冒发烧的常用药。只要不是性命垂危，千万不要去医院。

刷了一天的坏消息，总算迎来了个好消息——“在赛博哥特狂欢节上暴发的新冠疫情无人死亡”。我松了一口气。至少工业音乐和火人节歌迷的装备足以抵御病毒。我就知道，那年在沙漠里举办的火人节演唱会就是在训练我们，让我们有能力应对这场疫情。

中午，我不再看惨兮兮的新闻，而是开始听一集名为“关键角色”的播客音频，是关于《龙与地下城》的，时长为 4 个小时。我打算跟朋友在线玩游戏，专心做自己感兴趣的事情，如画画、看书、打游戏、玩音乐。

晚上，我们看电影《末日病毒》，疫情当前，感觉好逼真，就像在看 5D 版的一样。睡前，我们还看了《冰刀双人组》，笑到肚子疼。笑笑更健康。

赛博哥特的工业音乐歌迷和发烧友的装备足以应对疫情全球大流行

2020 3月1日 星期日

豆子·子弹·创可贴

第37天。还有3天，就可以庆祝隔离期满了！早上，我也就随口这么一说。傍晚，我心里已经有了主意，知道该怎么庆祝了。今天，天气晴朗，空气清新。气温21摄氏度，穿件T恤就够了。其实，路上鲜见车辆的好处就是环境得到暂时的改善。

推特上有个名为“新冠电影”的账号，今天转推了我的文章。这个账号很火，以好莱坞电影的叙事风格，讲述疫情期间的故事。他们说，我就像是个疯狂的记者，不停地提醒人们要囤购豆子、子弹、创可贴。

奔奔看着我，搞不清楚为什么我们那么久都不让它出门。在它大部分的晚年时光，有我们的陪伴，奔奔很开心。但它就是无法理解，为啥我们不能像过去那样出去玩儿。等外面太平了，我希望能快点带它出门。

今天，琳子养的花儿娇艳欲滴，一如深色的薰衣草，透着皇家蓝的贵气。花儿倔强地摆脱了地心引力，努力绽放，随心所欲，简直不可思议！在微寒的重庆冬日里，花儿在室外阳台，在卧室窗畔，慢慢地绽放，盛开了整整一冬，沁人心脾，鲜艳动人，自由自在。

我做了个三文鱼三明治，用上了从欧洲带回来的大马士革手工钢刀。我喜欢收集东西。琳子和朋友都说我有“收藏癖”。确切地说，

在阴沉的冬日里，琳子养的花儿显得格外鲜艳

我用从欧洲带回来的大马士革手工钢刀切三明治。三明治很好吃

应该是“收藏家”。黄瓜又脆又好吃，面包热乎乎的。琳子网购的三文鱼罐头，让我想起了儿时的时光。小时候，我曾在加拿大魁北克省加蒂诺公园过周末，吃野餐，捉迷藏。

今天，我们要上4个小时的网课。我尽力斩除杂念，集中精力。虽然我的教学并不完美，但比上周顺利多了。每天听音乐冥想，给我带来巨大的改变。有时候，我得放慢讲课速度，慢得我都可以游离到另外一个世界再跑回来，但我还是扛住了，没走神。

这充分说明，虽然我一身毛病，就像一条坑坑洼洼的老旧人行道，但也能绽放出倔强的雏菊。多年来，我就像棵歪脖老柳，虽然生长缓慢而吃力，但从未放弃向阳而生。我圈子里的作家，新作不断。隔离期间，是潜心创作的大好时机。都2020年了，我也得推出自己的作品了。我是成长于1990年代的人，见证了2020年的大事件，不能再像以前一样孩子气了。社会上，人们越来越懂得为他人着想，这让我很欣慰。我要学会当个好丈夫、好老师。

我在网上发现了一个疯狂的备灾囤货清单。要不是琳子管着我，不让我疯狂囤积，清单上的大部分东西，我也会尽收囊中。“这些天，我们为小仓库花了多少钱？”我跟琳子开玩笑地说。真的只是开玩笑而已。

我看上了个太阳能发电机，停电的时候可以派上用场。我可不希望一场大灾难毁掉我所有的曲子。紫外线灯箱也不错，能消毒口罩。病毒肆虐的时期，无需使用现金，想想都开心。

我们开始上网课。与学生连线时，琳子喊：“露西、露西……”我笑了，闭上眼睛，回想起了两年前上的一堂课。当时，我模仿美国经典肥皂剧《我爱露西》里男主角的口吻，喊道：“露西、露露露西，来解解解释一下……”学生们哄堂大笑。那个叫露西的学生笑得格外开心。虽然他们没看过美国黄金时代的经典电视剧，也不知道里面有个带着古巴口音的男主角里奇·瑞卡多，但我模仿的口气还是充满了喜感。

位于重庆市江北区的鸿恩寺

最近，我总是沉湎在回忆中，常常穿越回到旧时时光，回味那些曾经去过的地方。我不知道，时间是否是线性的。时间也许是个环状的莫比乌斯带。有时候，我会梦回加拿大，昨日的情形历历在目。我相信，发生过的事情，正在某处重演。我有种预感，如果站在某个转角处，回望过去，我就能穿越回到 18 岁那年。那一年，我站在美国纽约州布鲁克林区的舞台上，献出了我人生中的国际首秀。

今年，我终于淘汰了笨重的商旅达人转换插头，给苹果笔记本换了根细小的转换头。

然后，疫情就来了。

世界充满了不确定性，细小的转换头根本扛不住。不过前提是，我得先找回旧的转换头。

戴维·迈尔挑着眉头，表情诡秘地问道：“如果新冠疫情都没能打败你，我能打败你吗？”

中国是“世界工厂”。如果中国停产一两个月，会对全球医药、汽车配件、电子产品的供应链产生深远影响。如今，中国—这个“世界工厂”的体量是其“非典”期间的两倍多。

中国正在推动全面复工复产。全世界的经济学家都急得直搓手。世界各国都要学会未雨绸缪。全球化资本主义的一大弊端是，寅吃卯粮，透支未来，追求享受最大化。储备囤货，费钱又费力，鲜有人为之。一旦缺什么物资，全球供应链即日可送达。人们还没有做好应对突发情况的准备。面对全球股市崩盘，经济学家是“泥菩萨过江自身难保”，强颜欢笑也无济于事。新冠肺炎可不是毛毛雨，它是场大暴风雨。

经济学家称经济小幅下降为“剃头”，说“第一季度中国经济可能会被剃头，未来美国经济也有可能会被剃头”。经济“小剃头”还能承受，就怕被“大剃头”。我看着镜子里的自己，已经两个月没剃头了。

不实信息让美国的一线医务工作者陷入了困境。在加利福尼亚州，美国疾病预防控制中心移交一名患者给医院，告诉医务人员，接治这名患者时，只需二级防护即可。过了4天，美国疾控中心又说，接治这名患者的医护人员需要做好三级防护。这导致100名医护人员居家隔离。远观这个事件，简直令人震惊！

前伊朗驻梵蒂冈和埃及大使哈迪·霍斯罗沙希因新冠肺炎去世。教皇方济各因身患重感冒而取消了三天的行程。虽然谣言纷起，但其随从说教皇并没有感染新冠肺炎。

上网课期间，我在屋里四处走走，伸伸胳膊伸伸腿，往哑铃杆上加了铁片，在摄像头拍不到的地方举了会儿哑铃。运动真好！

待着不动太难受了。我是个不堪一击的人。

有些专业人士呼吁民众停止购买口罩，称戴口罩并不能有效防止感染。在另一场争论中，专业人士建议民众将口罩留给一线医护工作者使用。对此，我并不认同。我就佩戴口罩对预防传染性疾病是否有效这个问题，与朋友争辩不休。朋友并无恶意。

这种逻辑，无论是应用在任何产品上，都站不住脚。不会因为有人被车撞了，人们就不开车；不会因为有人穿鞋走路摔倒或被淹死，就说穿鞋没有用。同样，我们不能因为有人在戴口罩时，用手接触受污染的口罩外表面又去揉眼睛，从而导致感染，就断言戴口罩不能有效防止感染。

口罩是否有效，得看你怎么使用它。在 IT 界，我们管这种现象叫作“问题出在椅子和键盘之间”。以前，有个用户对其购买的应用程序有疑问，在电话里没完没了地和技术人员讨论。但是技术人员说了半天，用户都没有听懂。后来，技术人员在上交的报告中写道:“问题出在椅子和键盘之间。”也就是说，问题的根源不在于应用程序，而在于使用的人。

谢天谢地，总算有媒体开始发出冷静客观的报道，呼吁民众佩戴口罩。无论是在 1918 年西班牙大流感期间还是其他疫情期间，戴口罩确实能遏制传染，挽救生命。当然，面对新冠病毒，佩戴口罩依然有效。

对待口罩，亚洲人的态度与西方人截然不同。也许是因为经历过“非典”，也许是为了防雾霾，在亚洲生活的人习惯戴口罩。我们备有口罩，生病时，抑或别人生病时，我们就会戴上它。只要人人都佩戴口罩，就不会有人在公共场合对着别人呼气或者打喷嚏。这一点，至少短期内可以做到。也许是因为主要口罩生产国都集中在亚洲，所以人人戴口罩也比较容易实现。

我收听媒体对美国政府应急物资储备专家詹姆斯·韦斯利·罗尔斯的采访。他的建议很好，其中有一点与我的预测相同。他预测，零售货物将被抢购一空。首先售罄的将会是口罩、护目镜、手套和消毒剂等基本防护物资；其次，是药物；接下来，是保质期长的食品、瓶装水、卫生纸、清洁产品等家庭必需品；最后，是需冷冻的易腐食品。我已见过世界各地超市和药店被抢购一空的照片。

在中国，政府和农民竭力保证物资供给，商超里货品供应充足。虽然偶有某天买不到糖和蘑菇，但是卫生纸和蔬菜的供应源源不断。当朋友得知我居家隔离了好几周后，总会问："还有电吗？食品供应跟得上吗？"我告诉他们，除了出门要戴口罩，大部分时间宅在家里，远程办公，其他一切照旧。这让他们惊讶不已。

朋友问我有啥建议。好吧，如果你不想站在被抢购一空的超市里，被疯狂的购物者挤来挤去，把黑色星期五大采购搞得像感恩节一样，那么先人一步，做好准备，没啥坏处。其实，这一点尽人皆知。在多伦多，几个朋友在超市购物，听到厕纸货架传来枪声，吓得拔腿就跑。这可不是瞎编的。

美剧《副本》第二季开播了。看上去不错，但琳子对它并不感

干花居然也如此漂亮

冒。此刻，我在写作，琳子在看一部感人的纪录片，是关于重庆棒棒的故事。重庆棒棒是指靠一根竹棒替人挑货为生的挑夫。全中国只有重庆还有挑夫。重庆市依山而建，穿街走巷还需爬坡上坎，因此也就催生了“棒棒”。只要花几块钱，就能请位“棒棒”帮你把杂货或电视机从商店挑到家里。哪怕是每年进城务工的农民工，也会请一群“棒棒”帮忙搬运行李。

琳子放下手机，盯着我看了好一会儿，说阳台臭得像有老鼠死了一样，让我去打扫干净。

“没问题，马上就去。”我说着，手指并没有离开键盘。

接着，她叫我把散落在地板上的衣服收拾起来，拿去洗。完后，用洗涤灵把昨晚我没洗干净的、油乎乎的盘子再刷一遍。最后，整理工作间里乱七八糟的东西。

“我得写作啊！”我答道。

“是吗？写作？！对了，你是个作家。好吧，你的作品呢，作家先生？”琳子说。

“嘿，我每天都在写作。灵感来去无常，难道是我的错吗？”

琳子摇了摇头，一脸不屑，不相信眼前这个男人——她的丈夫，有朝一日会变成白金作家。

“你就是懒！”她说。

“也许是吧！也许我只是在养精蓄锐。”

“永远都拿这个当借口。”琳子说。其他人也这么说过我，我点点头，乖乖地去阳台冲洗狗屎。

睡前，我喝了点姜黄牛奶。姜黄牛奶是印度阿育吠陀医学中的长寿药，能平衡各种生命能量，被称为“哈尔迪杜德”。做法很简单：在热牛奶中加点姜黄和现磨胡椒粉，我还放了一小勺原蜜。姜黄具有抗菌消炎、抗过敏的功效，能预防和治疗若干疾病。加点胡椒粉，能增加姜黄素的吸收率，据说功效提升 2000%。姜黄味道很香，还有助于睡眠。不过吃了姜黄，舌头会变黄，别介意。

2020 3月2日 星期一

小型车祸现场

第38天。灌下一大壶浓咖啡后，我觉得自己像头鼓足了劲儿的老黄牛，人终有一死，努力过好每一天！

我给六年来最得意的门生写了封推荐信，她如愿被斯坦福大学录取。这个消息让我兴奋不已。疫情结束后，我也要把握机会，实现梦想，完成目标。

我重温了前老板孔静给我写的推荐信，措辞优美。她离职之前，我们共事了六年，相处融洽。疫情暴发前，得知来了新领导，我还觉得是件大事儿。疫情暴发后，换老板都不算事儿了。

汤姆·克鲁斯决定取消原定在意大利拍摄《碟中谍7》的计划。虽然这枚硬汉子连从飞机上跳下来都不怕，但也还没疯狂到近期要去意大利放风。这说明目前的疫情防控形势确实不容乐观。

法国卢浮宫闭馆了！这下子蒙娜丽莎不用担心会被新冠病毒感染了。

我发邮件问候住在美国芝加哥的大伯母伊莲和大伯父拉里，随信附上了我的博客内容、整理的材料和书稿。大伯母说，大家都挺好。四伯父豪伊可能去亚利桑那州拜访二伯父维克托了。老爸觉得，四伯父应该回家待着。我告诉老爸，四伯父在亚利桑那州玩得很开心，别劝他回家，亚利桑那州比其他州都安全。

法国卢浮宫闭馆，以免蒙娜丽莎被新冠病毒感染

我下载了关于“如何承担风险”的视频，发了些材料给亲朋好友。视频讲得很清楚，很完美。真是一次完美的通话。好吧，我是世界上第二个讲这种傻话的人。第一个人是美国总统特朗普。

安晓勇和我在线玩游戏《暗影狂奔》。我扮演兽人纳瓦霍，是个反派人物，为了寻找狙击手奥克，于 2058 年奔袭西雅图。我们要完成任务，自然要做好准备。做准备，是最近流行的游戏主题。

我平时教雅思写作课，便给安晓勇寄了点相关书籍。他老婆正备考雅思。安晓勇夫妇给我买了些维生素 D_3，正符合我的心意。研究表明，服用维生素 D_3 能增强免疫力。当你身体里有足够的维生素 D 时，就不易染上新冠病毒。

下课后，我和琳子忙前忙后，打扫卫生，收拾屋子。远程办公、居家生活了近 40 天，我们已经习惯这种状态。

琳子说，得赶紧去 8 号楼取快递包裹，不然就得交看管费了。8 号楼信号很不好。戴着雾气蒙蒙的护目镜、手套和闷热的口罩，在那个角落扫码支付，很费劲儿。我一路小跑过去，看到外头斜坡的拐角处，发生了一起小型车祸。一辆汽车追尾了，撞上了小型货车的屁股。我想，多日未上路，司机们估计都有点手生了。两个车主及其家人蹲在地上，脱了口罩，打电话求援。

我拍了张照，取了包裹就回家了。

又来快递了，这回是在大门口。我又得出门。

谢天谢地，我戴上可重复利用的口罩，走向大门口。原来，待取的包裹不是一个，而是两个！我们买了坚果、豆腐干和大橘子。

蒸足几个小时后，我把鹰嘴豆拿出来，做了好吃的鹰嘴豆泥。我是一名鹰嘴豆泥制作新星。

时至今日，住在重庆，还需要做好备灾措施吗？也许需要，也许不需要。一旦疫情卷土重来，未雨绸缪的好习惯就会派上用场。

明晚我们要在线玩桌游《龙与地下城》。也就是说，周三早上我要在脸书上现场直播我的隔离期满派对啦！太激动了！这周过

王凯取快递包裹。快递是他居家隔离期间的生命补给线

快递包裹被整齐放在门口

得不错。

晚饭，我做了意大利面，我们吃得很香。

今天，重庆疫情形势持续向好。目前，重庆在院新冠确诊病例只有 120 例。9 例重症病例，2 例病危病例。不幸的是，已有死亡病例 6 例。重庆市卫生健康委员会发布的数据显示，累计治愈出院病例 450 例，累计确诊病例 576 例。

昨天，重庆新增治愈出院病例 12 例，没有新增本地确诊病例，已连续 6 天没有本地新增确诊病例。全市共追踪到密切接触者 23563 人，有 23192 人解除医学观察，尚有 371 人正在接受医学观察。就得这么干！重庆疫情得到了有效控制！

现在，只要严防输入就行了。希望体温测量能保障我们不被传染。当然，面对无症状感染者，测量体温也没啥用。

昨天，深圳通报新增 1 例境外输入确认病例。一名英国男子经由香港返回深圳，体温检测正常。但第二天他就病倒了，病毒检测呈阳性。外防输入，严防因复工复产和人员流动导致的反弹，是目前疫情防控的重点。隔离 40 天后，要严防境外输入病例。否则，就会前功尽弃。

许多工厂和公司已复工复产。但是，学校尚未开学。琳子觉得，冰箱关不严实，可能是因为冰箱后壁结了冰。反之亦然。也可能是因为门关不严实，导致了结冰。随后，我用锤子把冰敲碎，取出架子，清理干净，冰箱门便关上了，严丝合缝。

听说，“洞察”号火星探测器罢工，科学家指示火星探测器用铲子自敲了一下，探测器又开始工作了。有时候，土办法反而是最好的办法。

晚上，我们看电视放松一下。明天将是美好的一天。

《龙与地下城》！如果是你，你会怎么做？

3月3日 星期二 2020

无计划，不成事

第 39 天。目前，有 70 个国家出现了新冠肺炎确诊病例，全球确诊病例达 9 万余例。一连下了好几天大雨，空气很清新。我收到了两个包裹：5 磅黄豆和有机苹果醋。我让琳子买苹果醋。她整整唠叨了 5 分钟，埋怨我要的食物太奇怪。不过说归说，她还是下单给我买了。

虽然我家风波不断，但中国的疫情防控形势持续向好。昨日，世界卫生组织总干事谭德塞·阿达诺姆说："在过去 24 小时里，中国境外新增确诊病例几乎是其境内的 9 倍。"这一反转表明，居家隔离能降低感染率。

我好想去逛街，四处走走，看场电影，在风景迷人的红崖洞喝杯咖啡，欣赏长河日落。这一天，就快要来了。重庆等着我们去探索。

我们摊了煎饼，很好吃！我一边看新闻，一边喝下了整壶浓咖啡。14:00，给 8 岁的张镇然上辅导课。他很好玩儿。"嗨，小鱼儿，我要吃掉你咯！"我开怀大笑。笑一笑，十年少。

下课后，我打算网上购物。要不要多买点增强免疫力的保健品？要不要买个 P100 口罩或超级防雾护目镜？上次买的"万福玛丽"牌槲皮素已发往加拿大。安晓勇想帮我多买点，但最近航运受限，可能不会太快寄达。

重庆红崖洞夜景

在世界各国，专家各持己见。令人担忧的是，政府卫生官员的说辞与专家学者的说法截然不同。法国政府说，无症状感染者不具有传染性。相反，中国的顶级学者说，呼吸会产生携带有病毒颗粒的气溶胶，进入空气中引发传染，个别无症状感染者也具有传染性。

我敦促亲朋好友，在聚集性疫情暴发之前，改变生活习惯。注意保持社交距离，避开人群。在通风不畅的地方，要格外注意这一点。别跟人握手，改成碰肘。咳嗽或打喷嚏时，用袖子捂住口鼻。远离不讲卫生的人。不要直接触摸公共按钮和共享屏幕，用手套、纸巾和消毒纸巾按按钮。定期洗手。有位朋友说，她总是忍不住要挠鼻子。我建议她，瘙痒难忍时，就学学 19 世纪英国维多利亚时期的做法，用消过毒的搔痒叉来挠。

我们和琳子娘家人视频聊天，好好放松了一下。我们的侄孙项

早饭吃香喷喷的煎饼，午饭吃自家种的新鲜豆芽

佑才一岁，喜欢喊我的名字“凯凯”。我们一唱歌，他就笑着鼓掌。

今天，韩国新增新冠肺炎确诊病例 850 例。韩国政府改变了防控策略，从遏制转向分流。优先收治需要吸氧和生命支持的危重病患。随着确诊病例的激增，其他国家也将做出相应调整。

中国研究人员通过研究一起因乘坐公共交通工具而引发的聚集性疫情案例发现，在密闭空间内新型冠状病毒传播能力较强。在密闭车厢内，气溶胶传播距离最远可达 4.5 米，病毒在空气中至少可飘浮 30 分钟。这期间，有乘客上车，被飘浮在空气中的病毒感染发病。不要去通风不畅的场所。

以极快的语速，念“合并症”这个词五遍……“合并并并症”呃，最近，我舌头动不动就打结。虽然睡眠不足，但我也学了很多知识，同时看麻省理工学院的病理学课程和其他课程包。现在，我对核糖核酸病毒和病毒传播机制有了些许了解。

我突发奇想，想用马戏团滑稽表演主持人那种老派的嗓音来评

一帮老男孩在线玩《龙与地下城》。这是近两个月以来，我们的第一次社交活动

论新冠肺炎全球疫情形势。也许，我的节目可以取名叫作“木屋热”。

如果你参加美国卫生部的新闻发布会，会听到官员说，政府已经做好了应对疫情的准备。如果你抛出两个问题追问一下，他们那严肃的扑克脸铁定挂不住。比如，某周某天，有多少空病床？能收治一千、一万，乃至十万个新增病例吗？哈佛大学流行病学家通过数模推测，今年全球 40% ～ 70% 的人口将会被感染新冠肺炎。如果 20% 受感染人口需要住院治疗，或是每人需要住 3 周的重症监护室……算了吧，没门儿！

我们不必慌张，但要保持警惕。目前的全球疫情发展态势说明，中国并未反应过度。其他国家可能很快就得采取严厉的隔离措施和其他非药物干预措施。人们开始讨论如何“使疫情曲线变平”，将确诊病例控制在医疗系统能够承受的范围之内。这一点，至关重要。

美国华盛顿州立大学流行病学部副教授特雷弗·贝德福德的最新研究结果揭示了华盛顿州的新冠疫情传播史。在长达 6 周的时间里，当地首例确诊病例的病毒 RNA 链与新增病例的 RNA 链很相似，也就是说病毒很稳定，这是件好事儿。这也意味着，新冠病毒在疾控部门的眼皮底下在当地传播了有 6 周之久。

华盛顿州出现了社区传播。华盛顿州的商超被抢购一空，街上空无一人。这让加拿大温哥华市政府相当紧张。疫情发展的套路大致如下：先是出现一个病例，再新增一个病例，政府发布简短警告，提醒公众洗手；紧接着，新增若干病例，出现聚集性疫情，政府再开几次新闻发布会；然后，又出现一起聚集性疫情；最后，疫情暴发。你现在身处哪个阶段？

我做了个花生酱、蜂蜜和香蕉玉米卷，用了一片面包，香蕉没切片。如果以线性方式体验人生，时间弥足宝贵。切香蕉太浪费时间。

晚饭后，我们放松了几个小时。随后，我重置了电脑，准备在微信上玩《龙与地下城》。居家隔离 40 天之后，能与 5 个朋友视频聊天，感觉很爽！在家里圈了一个多月，能与久未谋面的友人聊天，我们都很兴奋。大家一起嬉笑，说冷笑话，掷色子，玩游

一度被封的五个地铁站又启用了

戏，非常开心。一开始，我们尽量不分拨儿，慢慢玩儿。有了计划，就好办多了。

面对新冠肺炎疫情，许多发达国家的卫生官员表现得极其冷静，一副风轻云淡的样子，但是大批医生和专家在社交媒体上大声疾呼。他们指出，来自政府最高层的大量错误信息，导致了防控不力，危害极大。例如，荷兰政府高层说，预防病毒，勤洗手就够了，用不着戴口罩、护目镜或手套！德国疾病预防控制中心说，使用消毒液没啥用！由此可以得出结论，这些官员没有提前囤购备灾，也无意与公众争抢所剩不多的物资。我不想指手画脚，但政府滥用公众信任，似乎是不对的。说好的应对疫情全球大流行的预防措施在哪里？

美国加利福尼亚有两名医护人员确诊了新冠肺炎。这两名医护人员在某空军基地接治了一名新冠肺炎确诊病例。最初，他们被告知，采取二级防护措施即可。四天后，他们接到通知，接治这名病人，应采取三级防护措施。于是，又有 118 名医护人员被隔离。此时正是战“疫”吃紧的关头，却有那么多医护人员被迫隔离。

正所谓，无计划，不成事。

3月4日 星期三 2020

常　态

第 40 天。我们完成了真正意义上的意式隔离。一觉醒来，我冲咖啡，看新闻。我在脸书上发了条消息说，直播马上要开始了。在直播间，我和朋友聊天，还不错，就是网络不太稳定。有朋友问我，是否还能从中国网购东西？我说当然可以，中国的工厂陆续复工复产，但建议使用航空快递，很多货船滞留在武汉，等待开航呢。直播过程中，我老是被踢出直播间。如此反复好几次，我才醒过闷儿来。脸书不想让我提及武汉。这次直播就像一趟旅行，一路磕磕绊绊。尤其是，当我想要告诉网友，据我所知武汉正步入正轨时，就会被脸书踢出去。无论如何，与外界交流还是很愉快的。

一个小时后，琳子也醒了，正在床上歇着。我们一起吃午饭。我打开《超级星期二》的视频节目，发现美国民主党候选人拜登在各州声势鹊起，遥遥领先。我既震惊又失望。新冠肺炎疫情席卷全球，让我很不安。但更让我感到不安的是，美国人居然不支持桑德斯。他可是想要改善医疗体系，对富人征税，积极保护环境的候选人。对于我们这代人而言，环境问题事关人类生死存亡。

同事们都忧心忡忡，不知何时或是否还能拿到工资。有文件说，我们可以领取最低工资的 70%，大概是每月 1250 元人民币或 250

加元左右，确实挺少的。平时存点钱，以备不时之需，挺好的。

昨晚玩《龙与地下城》的游戏，很好玩儿。但我现在有点疲倦，也很不耐烦。一种可怕的倦怠感正扼杀生活中的乐趣，让人无处可逃。直到太阳出来，这种倦怠感才慢慢消失。

我叫琳子一起去散步，或去停车场坐坐，晒晒太阳，补点维生素 D。她不想去。我说，无论如何我都要出去散散步。她提议去人人乐超市。虽然我不想去超市，但还是同意了。我们全副武装出门。除了测量体温、登记填表、出门戴口罩，其他的一切正步入正轨。街上仍然很安静，但越来越多的商店开门营业了。有些行人行色匆匆，好像要赶着去忙啥，有些人可能刚下班。大街上，隐约透出一丝喧嚣的迹象。

无论是进入超市和商场，还是回家，都得测量体温。

去超市的路上，偶遇重庆外国语学校 B 区校长关兵。他笃定地说，学校很快就会开学。真是个好消息。转身离开时，我喜忧参半。喜的是，终于能出门了。忧的是，现在开学是不是太早了？我的意思是，能尽快开学，听上去不错，但只要有一个学生发烧，我们又得停课。

我一边在路上走着，一边兴奋地憧憬着未来：生活即将恢复正常，我们将迎来大好春光。

回家后，我上网搜罗新口罩和带气阀的面罩，以备下月开学用。

我正播放歌手 RZA 的迷你新专辑。他以嘻哈音乐引导人深度冥想。每当在网上看到有人紧张兮兮时，我就把这些曲子分享给他们。音乐是治愈良药。

只要把心情放松下来，在超市购物跟平时没什么两样。当然，要戴口罩，远离那些看上去要咳嗽的人。

在人人乐超市，蘑菇又上架了，这无疑意味着供应链正在恢复。我们买了点蔬菜、蓝莓希腊酸奶和奶酪。奶酪是加工过的，我不喜欢。但非常时期，将就点儿，有啥买啥吧。琳子在触摸屏上自

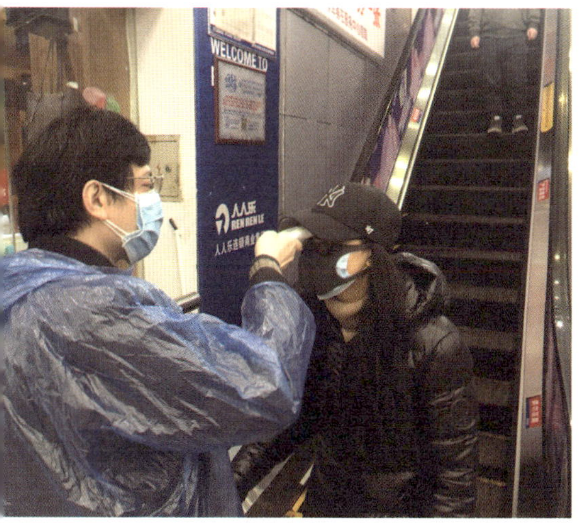

琳子在超市入口测量体温

疫情全球大流行期间，出门购物得佩戴口罩，与他人保持一定距离

买珍珠奶茶，就像过机场安检

助结账，所以我订购了一支触控笔，以备后用。

路上，我们停下来买最喜欢的珍珠奶茶。买单时，一次只允许一位顾客上前。排队时，人与人之间必须保持 1.5 米的距离。即使是买点小吃和饮料，也要像过机场安检一样谨慎，这已然成为常态。我注意到，有名男子在付账的时候，居然摘下了口罩。我吓得眼珠子差点要掉出来。

此行收获满满，我很开心。但是，回家走哪条路线，我们意见不一。我想过马路，避开公厕。但琳子不想过马路。是我过于偏执吗？好吧，当公共厕所的气溶胶钻入你的鼻孔，它会沿着鼻甲游动，进入上鼻腔。当氮、氧、甲烷、氢和二氧化碳等微小分子进入鼻窦时，我们就会感知到气味。你可能会吸入携带细菌甚至新冠病毒的粪便气溶胶。如果隔着口罩都能闻到公共厕所的味道，那就说明粪便气溶胶正穿透我的口罩，不是吗？一缕气味有多微小？我抽一口气会吸进来多少？

相反，琳子不想过马路，因为马路对面被警察封锁了，到处可见“请勿入内”的封条。不知道是为了封锁某栋楼还是某个受污染的区域？我屏住呼吸，赶紧回家。你懂的，谨慎已成为常态。

3月5日 星期四 2020

绝地武士可不是好当的！

第 41 天。家里的飞利浦牌空气净化器指示灯不停地闪，提示该更换滤芯了。这明明是新换的滤芯啊。我上谷歌，查查是啥问题。我把电源拔掉，把滤芯拆下来，用棉棒和棉球把它擦干净，再用迷你吸尘器把尘土吸净。我清洗了除尘器，把高效滤芯拿出去晒。最后，组装起来。轻松搞定！我都快变成船舶工程师了。

我们喝咖啡和蜂蜜水。我边听新闻，边做笔记，同时下载了上百个儿童故事，打算给辅导班的孩子们听。我在充满希望的儿童故事和令人恐惧的疫情突发新闻之间来回切换，同时处理多项任务。

疫情刚暴发时，许多外国人逃离了中国。很多人问我为什么不离开。我之所以留下来是因为我妻子和狗狗都在中国。我的生活就在这里。老师们在微信群里开玩笑说，其实去哪儿都不如待在中国安全。8 名在意大利中餐厅工作的华侨返回中国，新冠病毒核酸检测结果均呈阳性。中国的当务之急似乎是严防输入。

在经济方面，许多国家已注资数十亿美元并降息，以帮助中小企业渡过难关。有些评论人士说，此时开闸放水，为时过早。

中国的科研团队最新研究发现，新冠病毒 SARS-CoV-2 已演化出了两个亚型，分别是 L 亚型和 S 亚型。中国境内 70% 的确诊病例感染的是 L 亚型，具有较强的侵略性和传染性，能在短时间引发严重症状，受感染者亟需送医。S亚型是相对更古老的版本，传播能力慢、致病严重程度小。

老丈人种的曼陀罗开花了，将阳台装点得格外明亮。

这几天，狗狗们很乖，不随地大小便了。也许，它们气消了，也许它们根本就忘记了为啥生气。每天，我都让它们去阳台放几次风，效果不错。今天，人和狗都累了，都瘫在垫子上，放松放松。

在医药供给上，今天看到一条大新闻。印度阿格拉及其他地区出现了几起聚集性疫情，印度政府将正式开始限制26种活性药物成分（API）和与之相关的药物出口。这些活性药物成分主要用于生产止痛药、抗生素及其他药物，并非治疗新冠肺炎的药物。新冠肺炎患者接受抗病毒治疗后，身体机能处于恢复期，比较虚弱，此时，如患者感染，可用这些药物来治疗。中国是世界上最大的原料药生产国。为对抗疫情，中国企业延迟了复工，原料药供应链被按下了暂停键。但愿大家都已储备了能持续几个月的用药。我外婆患有老年性黄斑病变，每月要打一针。不知道这一消息会不会对她的用药造成影响？一旦断药，她会失明的。

美国西雅图变成了鬼城。就像几周前的韩国大邱市一样，随着局部聚集性疫情发展成为全城大暴发，西雅图人猫了起来，陷入忧思，等待疫情过去。意大利所有学校将放假两周。随着确诊病例数量的增长，英国决定不再每日一报，改成每周一报。而且选择在周五发布新闻，通常是为了避免引发民众的过度关注。这么做，简直太愚蠢了！当疫情暴发时，应该及时告诉民众，以便他们避开病例曾出现的场所。还好，在中国有中文应用程序，能实时通报疫情信息。我相信，疫情防控、保障公共卫生安全，远重于个人感情和经济发展。

网上爆出荷兰的疫情防控计划，看起来像在“抄中国作业”。随着欧洲疫情形势的升温，荷兰是否会追随中国步伐，取得像中国这样的防控效果，让我们拭目以待。

新冠肺炎疫情在伊朗蔓延，伊朗政府将暂时释放逾5.4万名囚犯，以防止新型冠状病毒进一步传播。以后还能把犯人抓回来吗？祝伊朗好运！

许多国家在制造恐慌，说戴口罩是危险之举。是否应该佩戴口罩，在西方引发了一场大争论。甚至，连美国公共卫生服务局都在推特上说，普通民众不必戴口罩。在亚洲，说法则截然不同，戴口罩可以降低受感染的风险。这就好比冬天去北极，你没有加拿大鹅牌羽绒服，只有件毛衣，但你也会穿上它，毕竟，有总比没有强。在中国和韩国，人人都戴着外科医用口罩，以免病毒在人际间传播。今天，我听到了一句关于新冠肺炎治疗的话：“当你手里只有锤子时，一切看上去都像钉子。”我网购了手套和带气阀的面罩。如果有必要，我会戴着它上课。我很期待戴着面罩，用耳机听音乐。面罩是均码的，希望能合适。

一名未披露姓名的男子戴着防毒口罩，登上了从美国达拉斯飞往休斯顿的航班，引发了同机旅客的不安和恐慌，被轰下了飞机。似乎人们的感受比公共卫生安全更重要。我再次感到失望。如果你不能保证邻座的人没生病，那请允许我戴口罩。我猜，未来几年航空公司将在头等舱安装配备空调的独立增压舱。新需求催生新商机。

琳子和我相安无事。我尽量表现得又乖，又有耐心。有RZA做我的坚强后盾，焦虑、暴躁等情绪日渐消失。我们一起备课、吃饭、

自制炸薯条

娱乐，快乐无比。今天，我们打算炸薯条。几个小时后，我们给侄女吕健仪打电话，请求指导……清洗、煮熟、裹粉、冷冻，然后快乐开炸。

据中国外交部的消息，中国尚不能明确新冠病毒的来源。有人认为，它可能来自其他地方。我相信，总有一天我们会找到答案。俄罗斯声称，病毒源自美国。有人声称，病毒来自生物实验室。科学家说，它是冠状病毒的一种，通常寄生在蝙蝠等动物身上。它具有特殊的 RNA 链，传染性很强。在传播过程中，已发生过若干次变异，衍生出几种不同亚型的病毒株。

今天，有段视频在网上疯传。中国警察戴着热成像头盔，对人群进行体温监测，排查发热人员。我爱科技！

我真的疯了。今晚，我居然把鹰嘴豆泥和辣番茄酱倒进意大利面里，然后用芥末蛋黄酱来蘸薯条吃。

虽然我家既不豪华，也不宽敞，但布局合理，也很干净。它就像是艘狭小的宇宙飞船，无法在里面胡说八道。琳子是名优秀的宇航员。有些人，包括我妈妈，第一次见到琳子时，觉得琳子有时对我过于严苛。但是，不断提高自我，很重要。想想，在《星球大战》中，卢克在达戈巴僻远的沼泽地里第一次见到尤达大师时，尤达大师对卢克也很苛刻。可见，绝地武士可不是好当的！

只要不扎堆儿，就不会被传染

第 42 天。今天，加拿大报告了首例近期并无旅行史、也没有与其他任何已知确诊患者有过密切接触的病例。卫生部门正努力查找感染源。这是加拿大首例社区传播病例。此外，加拿大又新增两位数的新型冠状肺炎确诊病例，分别来自不列颠哥伦比亚、安大略、魁北克和阿尔伯塔等四省。今天成为加拿大单日新增病例数最多、传播范围最广的一天。

温哥华的一名学生被认定为新冠肺炎疑似病例，两所学校因此停课。安大略省基奇纳—滑铁卢地区出现首例确诊病例，学校也停课了。多伦多 1 例确诊病例，是在美国拉斯维加斯被感染的。美国正输出新冠肺炎确诊病例，但在调查旅游史时，出入境美国的旅行史却被忽略。

加拿大传染病专家科林·李医生说："疫情已失控。也就是说，我们还没来得及调查清楚旅行史，病毒就已悄然在人际传播。"李医生说，这给我们敲响了警钟，从遏制病毒转向延缓病毒传播速度，意味着人们的日常生活会发生重大变化：取消大规模集会、学校停课，确诊病例增多。"告诉你的家人、朋友、邻居，要互相守望，共克时艰。根据家庭人口情况，提前备好足够几周使用的生活必需品。现在开始行动还来得及。"几个星期之前，人们还说新冠肺炎“不过是一场流感”。这是个重大转折点。

我和杰联系了一下。之前我给他买过口罩，不知道他满不满意。他过得不太好。他妻子觉得去美国不安全，还不如回乡下娘家。所以他们取消了包机。但是杰的签证到期了，不得不离开中国，现正在马来西亚隔离 14 天。隔离期满后，他打算去洛杉矶，收拾房子，期待与家人团聚。

加拿大各大超市物资短缺，卫生纸、矿泉水、速冻比萨等全被抢购一空。不知道加拿大人还有多少时间囤货备灾，但至少，超市都在补货。“封城”期间，中国各大城市的生鲜食品供应充足。在这方面，中国政府做得很好。希望加拿大及其他国家也能效仿。

老爸是加拿大总理贾斯廷·特鲁多的忠实拥趸。这回，他终

于生特鲁多的气了。当被问及为什么加拿大不对来自疫情暴发国家和地区的人关闭边境时，特鲁多说：“我们要守护真正能保障加拿大人安全的东西。呃，外头流言纷起。采取‘条件反射式反应’并不能保障人民的安全，只会对社区和社区安全带来挑战。我们将继续专注做真正要紧的事情。”所以，我觉得他并不担心民众的安全，他有更重要的事情要忙，比如油气运输管道和封锁等。或许，他对经济形势的担忧，远胜于对人民生命安全的担忧。等到他真怕的时候，形势就会发展到不可收拾的地步了。

加拿大以南的美国仍在挣扎。世界卫生组织给美国提供了现成的检测试剂盒，但美国不要，非要自主研发。美国想要开发出能识别所有冠状病毒的测试剂盒，结果自研的测试剂盒存在缺陷。

2018 年 6 月 20 日，我的家人聚餐，庆祝克里斯蒂娜·伍德的生日

美国的病毒检测工作一团糟。折腾了好几周，还没弄清美国的新冠病毒感染率是多少。美国疾病预防控制中心的头儿在接受电视采访时说：“我们不清楚病毒在哪里。这玩意儿到处都是。”

晚上，我们要上一节网课。所以，我赶在白天上网查资料，准备给一款游戏写东西。这样我就能把故事线尽可能整合在一起。

只要我还有鳄梨吐司和浓咖啡，隔离的日子，也能过得不赖。琳子在刷抖音。我继续写我的小说，但进展比我预想的要慢。

这是美国得克萨斯州的疫情防控建议：好好洗手。怎么洗呢？想象一下，为了做烤干酪辣味玉米片，你需要切墨西哥辣椒。刚切完辣椒，你想把隐形眼睛摘下来。这个时候，你是不是得好好洗洗手？

如果你炒股，我建议你买防护设备生产、流媒体服务或购物网站的股票。虽然这些都是小产业，但却能给你带来真正的财富。也许，这笔财富足以让你买下一些土地、一座小屋，傍水而居。可以傍湖，抑或傍着一口水井。这就是我的梦想。

正当我百无聊赖之时，灿烂的阳光钻了进来。我问琳子想不想出门。她不想。我锻炼了一会儿。她爬起来，说想出去，我与她结伴出门。

我们自带凳子，坐在树下。我看了一页威廉·吉布森的新书《代理》。这本书实在太好看了，也不知道为什么我看得这么慢。也许是因为我面戴口罩，还戴着耳机听赛博朋克的合成乐。我这个样子，活脱脱就是从威廉·吉布森的恐怖小说里走出来的人物。我开始刷24小时动态新闻，在中国、韩国、印度、新加坡、意大利、法国、英国、加拿大、美国新闻之间来回切换，收看各国疾控中心和世界卫生组织的新闻发布会。我最喜欢的几位医生，如约翰·坎贝尔，英国退休护士、神经毒理学博士克里斯·马腾逊，分享了当天最新的医学研究成果。仅仅了解疫情进展，就要花上一整天的时间。有时候，光查阅资料，就花了10个小时。还好，我是个一心多用

位于渝中区的重庆市人民大会堂（米克尔·斯蒂格·拉森摄）

的达人。

温暖的太阳熨平了我的焦虑。我脱下外套，仅穿件紧身衬衫。外套就挂在护栏上，反正回家后它也会被挂在门口的“红区”，弄脏也没关系。

我拍了张照片。琳子抬头看了我一眼，说：“把衣服穿上，还没到夏天呢。”

我把夹克衫披在肩上，尽情享受阳光的爱抚。

“戴上口罩，你会吓到别人的。”

“别人？”我四下张望，一个人影儿都没有。

她指了指停车场对面的那栋楼。

我看过去，没看到一个人。“这儿没人啦。没关系的。”

她摇了摇头。“如果看到你没有戴口罩，所有人都会被吓到。”

我盯着对面的窗户。对面楼里的人有没有被放飞的我吓到？

附近一个人都没有。不过，琳子是认真的。我想起与西方朋友的辩论，笑了起来。在中国，哪怕是独自一人晒太阳的时候摘下口罩，不出 5 分钟就会有人提醒你把口罩戴好。在北美，一些华侨发布视频，记录了因为戴口罩而被当地人轰出超市的经历。在北美人眼里，只有生病的人才会戴口罩。讽刺的是，华侨才是北美受病毒感染最少的群体。我戴上口罩，继续看书。

过了一会儿，琳子想回去烤蛋糕。我刷手机，和朋友聊天。

琳子和朋友去一个精巧的意大利餐厅取比萨。既然点了外卖，琳子她们找了个没人的地方，摘下口罩，在街上吃了起来。后来，她们从便利店买了饮料，聊了几个小时的天。她们胆子太大了，就像魏玛歌舞剧院的演员那么酷。这么疯狂的事情，貌似十年前我也干过。

有个加拿大朋友要飞往美国拉斯维加斯参加贸易会议，与来自世界各地的数百人握手。另一个朋友要去西雅图玩，然后去“公主”号邮轮上班。而我，还宅在家里，是不是疯了？

我一边洗手，一边唱《波希米亚狂想曲》。我的手洗得很干净，从未如此干净过。

做蛋糕时，琳子有点儿焦躁。为了转移她的注意力，我拉她去看冰箱，“让她闻闻冰箱里有啥怪味儿”。其实，我差一点儿忘记自己拉她去冰箱跟前想要干什么。

我们把鸡蛋打碎，搅拌，加入面粉和豆粉。下课后，蛋糕好了。我们尝了一下，味道不错。吃起来就像没有奶酪的奶酪蛋糕。

晚餐，我们做了沙拉和意大利面。有4个鳄梨都熟了，搁不住了。明天我要做顿狂野的早餐。

我与在瑞典高端口罩厂商 Airinum 工作的玛丽亚来回发了几封电子邮件，达成了一项协议。鉴于7月份之前，他们所有的滤芯和口罩已售罄，他们将回收旧口罩。一个旧口罩可免费换10个滤芯。每个滤芯的使用寿命为100小时。我还有一个半的旧口罩，可以换15个滤芯，使用寿命为1500个小时。我每周在户外待半个小时。按现行计划，我的滤芯还够使3000周，或58年。听起来很疯狂！这么长的时间我都挺过来了，没被传染。有了这些滤芯，我应该还可以再熬几年，熬到疫苗上市。

晚饭后，我编辑新闻，歇了会儿。同事马塞尔希望在他从德国飞回重庆之前，拿到全套医疗保险。我们的工作保险可不涵盖全球性大流行的病毒。买全套医疗保险很贵。琳子建议我猫在家里，比买保险要便宜得多。昨晚，琳子嗓子和肩膀都疼，今天好多了。

我一直在想，给视频游戏写脚本，我能学到什么？好处是，好歹也算是写作。我可以参与开发电子游戏，充分调动创意，报酬也丰厚。不会遇到懒学生，也不用跟脾气暴躁的主管打交道。缺点是，一年四个月的假期没了，也不能享受学校免费提供的住宿。事实上，如果我集中精力的话，就能挤出更多时间来创作，赚更多的钱。

我想写自己的书，而非别人的游戏脚本。拒绝一份梦想中的工作，需要很大勇气，但我还是倾向于先做好手头的事情。琳子说，我后脑勺长了白头发。我才不信呢，她就是想逗我，让我像狗狗找尾巴那样往后瞅。也许,新冠病毒正在对我的身体产生影响。我向窗外望去，街上空无一人。真不敢相信，这些天还有朋友在外旅行。难道他们不知道，只要待在家里，就不会生病吗？只要不扎堆儿，就不会被传染。

3月7日
星期六 2020

新常态

第43天。一觉醒来，虽然有点累，但又是新的一天，我很兴奋，开始刷社交媒体，看重大新闻，煮浓咖啡。

今天，全球累计确诊病例102,000例！这10万名感染者是否应放气球纪念一下，然后跟世界卫生组织总干事谭德塞博士视频聊一下？

全球80多个国家的确诊病例暴涨。我大致扫了一眼数据，目前的危重症患者比例约为15%，以前推测是20%左右。这算是个好消息。目前，死亡率为6%，但还有很多情况未知。世界卫生组织说，新型冠状病毒肺炎全球死亡率为3.4%，美国说全美新冠肺炎死亡率为0.5%。意大利的死亡率有点高。病毒在意大利是不是发生了突变？还是意大利境内的新冠病毒主要是攻击性更强的L亚型毒株？伊朗呢？韩国的疫情形势似乎得到了控制，新增病例都与已知的聚集性事件有关联。

今天要上三节课，每节两小时。上午10点，我开始上第一节。一切进展得很顺利。不料，我不小心打翻了一大杯黑咖啡，弄脏了卧室的装饰品。琳子白了我一眼。我赶紧收拾干净，看来咖啡我喝够了。不过，咖啡倒是不错的清洁剂。

约翰·坎贝尔医生说，他的家乡也有了确诊病例，过不了几周他也会被感染。听到这个消息，我好难过。据坎贝尔医生的推算，全球约有 75% 的人口不可避免地会被感染新冠病毒。

我与老朋友聊了几个小时。琳子催我上床睡觉。朋友们很焦虑，我跟他们分享了我的做法，有些他们很赞同，有些他们觉得实施起来有点困难，比如“外出服”和“居家服”的区分。一开始我不明白，后来我意识到，他们都有小孩。我宁愿多花点时间谨慎应对，也不愿干着急。我的做法虽然极端，但能确保自己的健康安全。道理很简单。我不明白，为什么在中国境外有越来越多的人不愿意居家隔离，外出时也不愿意小心做好防护。难道我是个外星人吗？

坎贝尔医生说，中国和新加坡采取了筛查、保持社交距离、自我隔离等措施，有效遏制住了病毒的传播。他为此感到高兴。他批评了美国疾病预防控制中心在检测中的错误做法。他提醒我们要关注南非等国家的疫情形势。在接受抗病毒治疗的过程中，患有免疫抑制性疾病的患者更有可能出现严重症状。

另一项新研究结果发现，当靠近有呼吸道疾病的人时，戴口罩能有效地阻止 80% 的病毒传播。当然，这个道理显而易见。

加拿大多伦多市新增 1 名新冠肺炎确诊病例，是从美国洛杉矶市输入的，在隔离之前曾搭乘地铁。多伦多市对地铁车厢进行了消毒。

日本：应对“钻石公主”号游轮的惨痛教训，我们永远不会忘记。

美国：让我来！

没错，历史重演了！“至尊公主”号邮轮停靠在美国加利福尼亚州旧金山湾区。“至尊公主”号已被隔离，船上数千名乘客正在接受核酸检测。目前，20 余名船员被感染，也有乘客“中招”。希望美国能从“钻石公主”号的惨剧中吸取教训。

我全副武装，出门取包裹。有了新买的触控笔，就不要触摸按钮和屏幕了。触控笔插在夹克的笔袋里，很合适。外头风平浪静，我的担心也少了些。我竭尽全力，做好准备，尽己所能，严于律己。RZA 对我帮助很大。正是因为他，我每天都处于备战状态。对于我而言，RZA 功盖天地。

中午，我们吃了面条，很好吃。如果你从来没吃过鹰嘴豆，那你就亏大了。我的鹰嘴豆泥，可是人间极品。

老爸在亚马逊上网购了很多的东西，下周会寄达。我给他发了条信息，提醒他拿包裹进屋时要记得消毒。我的做法是：戴上手套，在屋外打开包裹，把盒子丢到外面。然后把东西拿进屋，放在人

阳光懒洋洋地溜进卧室里。居家隔离期间，奔奔喜欢趴在这里晒太阳

不常走动的地方（一个特别的架子），用配比1%的消毒喷雾剂消毒，或者搁上9天。然后脱下手套，洗手，流程相当简单。我跟老爸开玩笑说，西雅图有一名亚马逊员工已被隔离，不小心做好防护的话，你一夜之间就可能感染新冠病毒。

我在床前的阳光里，给狗狗铺好垫子。今天，温度为20摄氏度，阳光灿烂。夏天要来了，我重新调配了一下防护装备。经常暴露头发和皮肤，就得频繁淋浴。我们动身去停车场。从现在起，我称之为“健身房”，取酷酷的昵称是我的一大爱好。

阳光下，整个“健身房”闪闪发光，十足的海滩范儿。琳子和我在自带的凳子上坐了一会儿。我都快被晒成葡萄干了。我站起来，像美国演员詹姆斯·迪恩一样靠在栏杆上。詹姆斯·迪恩是20世纪50年代最伟大、最叛逆的美国男演员。迎着微风，我读了几页吉布森的新书。书中描述了后人工智能时代的精彩世界。

琳子站起来，做伸展运动。我脱掉外衣，只剩下背心。今天，琳子倒没说啥。我摘下口罩，把帽子挂在盆栽的树枝上。我完全暴露在空气中。我又读了一章。太棒了！当然，我说的是威廉·吉布森的书。我手捧着赛博朋克的代表作，任由阳光轻抚着脸庞，笑得合不拢嘴。

我眼角的余光瞥见有人在悄悄靠近我。我吓得蹦了回来——怎会贴得如此近？哦，原来是挂着我帽子的树枝在随风摇曳。真凉快！

我把书收起来，在阳光下边踱步，边运动。当我的运动手表步数见长的时候，琳子又改变了动作。我在凳子上压了压腿，就开始练习踢腿。李小龙说：“我不怕一个一口气踢1000次的人，但敬畏能把一个动作踢1000次的人。”天气见暖，我也有了新目标：把一个动作踢1000次。前踢、边踢、回旋踢、钩踢和后踢。我想起了韩国跆拳道大师李泰俄，他是我们家族的教练。30年过去了，他仍然身强体壮。

在阳光明媚的重庆春日，我们在“健身房”锻炼身体

回到家，我把装备收好，一边唱《波希米亚狂想曲》，一边洗手，洗了 20 秒还不尽兴，开心地洗了一分多钟。

热水器烧了一小时后，水足够我洗五分钟的澡。对我来说，够用了。我闭上眼睛，继续想回家路上想的问题，失明是什么样的体验？洗完澡，我照了照镜子，发现自己真的晒黑了一点儿，依稀能找回点去年夏天在爱琴海度假的样子。我想要晒黑，我想要晒黑。我定会实现愿望。

我又戴上了护身符：被玛雅药师加持过的黑曜石，镶有托帕石的马蹄铁。

小魔法无伤大雅。

“特朗普总统曾多次坚称，美国疫情风险级别‘很低’。如今，他被令人震惊的确诊数字打了脸。”嗯，至少被我说中了。真希望被打脸的人是我。

重庆累计确诊新冠肺炎病例 576 例。数据显示，目前，本地有

50 名新冠肺炎患者住院治疗，其中重症病例 3 例，危重病例 1 例。令人惋惜的是，累计死亡病例已有 6 例。还好，重庆累计治愈出院病例已达 520 例。出院病例正在家休养，有些已完全康复。重庆已经连续 11 天没有本地新增病例，新增治愈出院病例 8 例。

有些受过良好教育的朋友告诉我，数据表明口罩不管用。我的经验表明，人人都戴口罩，可以减少病毒传播。如果你没有口罩，就用围巾或袜子捂住口鼻。有所遮挡总比没有强。我把这一想法告诉了二伯父维克托·伍德医生。二伯父是退休急诊医生，也是我认识的智商最高的人之一。他给我点赞，并加了几个要点。以下是我们得出的结论：

有人说，0.3 微米级的滤芯对直径 0.1 微米的病毒颗粒无效，因此得出结论：戴口罩无法阻断病毒。美国公共卫生服务局发推特大声呼吁百姓不要买口罩。出于某些原因，很多医学专业人士也说，戴口罩无济于事。我不相信事情会如此简单。还有人说，一个世纪前，佩戴简易口罩，有助于遏制西班牙流感的全球大流行。

表面上看，直径 0.1 微米的病毒颗粒，确实可以穿透 0.3 微米级的 N95 口罩或外科医用口罩的熔喷无纺布。但事实并非如此简单。首先，口罩分很多种，可以提供不同级别的防护。我自己有条纳米纤维围巾，号称纤维直径为 0.1 微米，一个高效空气过滤器的滤芯有一个碳层，能捕集 0.3 微米的颗粒。我家备有医用外科口罩，最近我买了个带抗菌滤芯的全脸式面罩。如果我们能做好基本的消毒保养，这些物资就能给我们提供不同程度的保护。

没错，小颗粒可以透过大滤芯，但我们要注意到，口罩在减少病毒载量方面所发挥的功效。病毒微粒往往会吸附在较大的气雾上，如咳嗽、打喷嚏或大口喘气所喷出的气溶胶。如果你能过滤掉较大颗粒，就能过滤掉绝大多数微小的病毒颗粒。病毒数量和载量不同，对人的免疫系统的损害程度也会不同，引发并发症和症状严重程度也不同。病毒载量少，症状也轻微。这就是我们希望看到的结果。

将你的呼吸系统想象成为游泳池滑梯。佩戴口罩，能有效阻止人体大小的颗粒通过滑梯进入你的肺部。现在，将携带病毒的颗粒想象成为跳蚤。虽然你在滑梯顶端设置的人形障碍物并不能过滤跳蚤，但你会发现，一旦无人体可依附，跳蚤在滑梯上会寸步难行。这样一来，进入游泳池里的跳蚤就会少很多。

我认为，摸脸会将病毒带入口腔、鼻腔或眼黏膜，带来感染病毒的风险，所以要勤洗手。维克托·伍德医生补充说，洗手并不能100% 预防疾病。但当一个人戴着口罩时，它会提醒你，不要摸脸。没戴口罩时，即使格外注意，人们每小时也会摸好几次脸。

有时候，我感到无力。关于新冠疫情，我写了 5 万字，现在我要把它们攒成一本书，希望其影响面不仅仅限于社交媒体，从而对公共卫生之争有所影响。我犹豫了。睡眠不足，脑子一片混乱。如果这是一本普通的书，我会暂且放下，休息几周，寻找新视角。但疫情当前，短短数周内，如果能让人人都做好隔离，就能使数百万人免受感染。有报道说，新冠病人出院后，出现了肺损伤，恢复期较长，这让我很担忧。

当我凝视黑暗的深渊，有个声音劝我放弃。

过了一会儿，那个声音便消失了。我经受住了考验。我思路又复清晰，头脑恢复清醒，就像是刚通过了一场考试。有时候，当暴风雨来临时，我们唯一能做的就是迎难而上。好事坏事，终成往事。

有人问，该如何处理口罩。我会尽量讲点简单的做法。首先，戴好口罩。确保口罩大小合适，尽量贴合面部轮廓。其次，不要摸口罩，也不要把脏手伸进口罩里挠脸。一旦在外面触摸过任何东西，手没擦洗干净之前都处于被污染状态。再次，回家洗手之前，不要脱下口罩。摘口罩时，应用手摘下耳带，不要触碰口罩外表面。丢弃时，要谨慎处理（作为被污染的医疗废物，至少装进小袋子里，捆起来)。或者将口罩放在靠窗处晾晒 10 天以便消毒;将口罩放在鲜有人走动的地方,以免他人触碰。

我朋友是生物实验室的技术员。他说,在穿脱医疗防护设备时,每一步都要好好洗手。戴着口罩时,不要去人多的地方,也不要随意进出病房。也就是说,不要觉得戴上口罩就可以高枕无忧,就可以放任自流。保持社交距离,保持安全。戴口罩是为了帮你免受感染,但它不是超人,不能保你免受额外的风险。疫情当前,没有上帝模式。出门就得戴上口罩!如果人人出门都戴上口罩,就能遏制病毒传播。

重庆市仍处于重大突发公共卫生事件一级响应状态,地方政府依然谨慎行事。但是这里的疫情防控形势向好。企业复工复产,人员二次流动,会不会带来问题?人们开始返岗。在教室里,人员聚集在同一空间,无异于游轮,我很担心。但是,生活渐渐恢复正常,对大家而言是件好事儿。像我们这样密切关注局势变化的人,时刻保持高度警惕。

我们出门买奶茶。街上并不拥挤,身边约有 20 个人,让我感觉很不习惯。还好,大家都正确佩戴口罩。有个快递小哥,鼻子露在口罩外面,骑着电动车从我身边经过。我惊慌失措地往后退。他就像半个恐怖分子。伙计,把鼻子盖上!

星期一,我们要去银行交琳子的医疗保险费,然后打车去我名下的公寓,办理出租手续。我要把房子租给别人一年。星期二,我要去税务局,开发票,这样我才能领到明年秋天以前的稿酬。

RZA,请给我力量。

我还没做好出门办事的准备。

我就像是个太阳,被行星和飘浮的太空垃圾所包围,一片混沌。

我就像是太阳。

我们家有个数码相框,里面有 2000 张度假照片和家庭照片,记录了我们隔离之前的生活。每天,这些照片给我带来了慰藉。

重庆的早春，美丽的花儿已绽放

我和琳子结伴去过多个大洲，周游了十几个国家，饱览世界风光。我相信，有一天我们会再次出发，享受无忧无虑的波希米亚生活。现在，我们得继续严格、坚定和坚决地执行居家隔离措施。

我们摊薄煎饼当晚餐。我们都是成年人，想做什么就做什么。我一动不动地站着，等煎饼冒泡。我想一心多用，同时兼顾四个任务，在笔记本电脑上做着笔记。

琳子正练习正念减压法，用心享受烹饪带来的喜悦。我也找到了培养耐心之道。

我想象自己是个垂死的老人，穷尽一生财富，换回一分钟的时间，穿越回到了自己的壮年时期。我顾目四望，将空气吸入强壮健康的肺里，感受毛发拉扯的刺痛。我抓住娇妻的手，亲吻了一下。

我不再不耐烦。

随着时间的推移，我们越来越严格地遵守居家隔离、个人防护和消杀程序。要想抵御如外星人一般的新冠病毒的入侵，就得坚决居家隔离，做好防护和消杀。

我是太阳，在混乱中变强大。

加拿大现状如何？为了保障顾客健康安全，开市客超市不再提供免费品尝服务。

下课后，琳子叫我找出新的床上用品，换上新的枕套、床单和毯子。写作时，我感觉头大无比，写完之后，心情很舒畅。琳子边啃红薯边看中文音乐节目。我坐在她身旁，用笔记本电脑码字。虽然有时候琳子显得有点严肃，但她总是那么理智、淡定，让人信赖。这一点，让我赞叹不已。她也常常夸我。

补充维生素，在水中添加苹果醋，多喝水，勤洗漱，甚至刚洗完澡又不厌其烦地穿上外出服搞得浑身是汗……我所做的这一切，都让我快乐无比。我是在养精蓄锐。我心里的目标是：夏天回加拿大。面对新常态，我可以应对自如。

3月8日
星期日 **2020**

苟活于世

第44天。今天是国际妇女节。早餐，我给琳子做了一杯鲜奶甜拿铁，热了点自制蛋糕。她很喜欢，拍了几张照片发朋友圈。我就着浓咖啡吃煮鸡蛋和鳄梨酱吐司。琳子看上去心情很好。我们都很知足，心平气和。对我们而言，这是一个很好的转变。

放寒假以来，我们已经宅了将近50天。今年寒假，我们没能美美地出门度假。不过，一旦忽略掉所有的焦虑、恐惧、未知、恐慌和囤货备灾，其实这个寒假我们过得还蛮轻松。你永远都不知道哪天一觉醒来，外面就变了天。所以，享受当下，享受每分每秒。

我最喜欢的天体物理学家尼尔·德格拉斯·泰森接受了美国脱口秀《科尔伯特报告》的采访。面对疫情，他睿智如昔。在谈及如何应对新冠肺炎疫情时，他说："我们正身处一项大型实验当中。要不要听科学家的话按照他们的指导采取防控措施？出于对后果的尊重或恐惧，我们会听科学家的话，但不要因此而害怕生活。终日惶惶，如同苟活于世。"我们可以了解形势，保持警觉，但不要被恐惧吞噬。

为了培养美德，我重温了古代圣贤的箴言。古罗马著名斯多葛学派哲学家爱比克泰德曾说："如果有人把你的身体交给路人，你

王凯和琳子在重庆解放碑游玩

会火冒三丈。然而，当你把自己的心交给陌生人，任其凌辱，搞得自己心烦意乱，你不觉得羞耻吗？”人们保护自己的财产，却将时间和心思浪费在对我们施压的人或事上。对于有创造力的人或者企业家而言，学会说“不”，至关重要。病毒就像是吸血鬼，你得请君入瓮。

当病毒来敲门时，我不会开门。我也不会整天想着它。我仍然想要通过学习了解病毒，但我会接受现实。只有学会平衡分配精力，才能安然无恙地度过这漫长的隔离岁月。

今天，全球累计新冠肺炎确诊病例逾 10000 例，遍布 80 多个国家。1,800 万名意大利人被隔离，引起了很多人的警觉。米兰机场仍部分运行，所以意大利称之为“软隔离”。

中国疾病预防控制中心建议，不要让老年人出门，以确保他们的生命安全。

关于是否应该佩戴口罩，亚洲国家和西方国家吵得不可开交。亚洲国家认为，乘坐公共交通工具时人人佩戴口罩，能减少病毒传播。西方国家说，只有医生才需要戴口罩。普通民众佩戴口罩

为了庆祝国际妇女节，我为心爱的女人准备了自制拿铁和蛋糕

没啥用。我不明白西方国家的这种结论从何而来。最近一周，我观察了美国总统唐纳德·特朗普、美国公共卫生服务局和特斯拉公司 CEO 埃隆·马斯克的言论，试图弄清他们的脑回路，至今百思不得其解。至少在重庆，人人戴口罩，效果显著。重庆已经连续两周没有新增本土确诊病例了。

疫情当前，需要采取各种严厉措施。我终于找到了“大块头”的三插交流电源适配器。这下子我更有底气应对全球大流行的新冠肺炎了。

昨天，福建省泉州市的欣佳快捷酒店发生坍塌事故。当地政府此前通报称，该酒店系省外疫情重点地区人员集中医学观察点。目前已有 10 余人死亡，25 人失踪，救援工作正在紧张进行中。

13:00—15:00 有课。课前，我和老爸在线玩曲棍球游戏。我是玩这个游戏的高手，结果却被老爸灭了。对他而言，这是个很好的变化。

第一节课，是给 4 岁的王诗源上课，轻松有趣。给她上课，是一桩乐事。

第二节课颇具挑战性，是一帮 11 岁的孩子，连基本词汇都不懂，这节课教完，下次就忘光光。为了减轻课堂给我带来的失败感，我把他们想象成无精打采的“神兽”，想要在凄惨的地狱里折磨我，结果我毫发无损。课间休息 10 分钟后，我不再让学生阅读，而是改教课本上的知识，就顺畅多了。给他们上课，教的内容不能太难。原来我才是那个白痴。当事情进展不顺利的时候，指责挑刺，谁都会。只有真正的领导者，才能站出来解决问题。

这个道理，放之四海而皆准。

下课后，我们叫了外卖比萨，琳子煮饺子。为了安全起见，我把比萨热了一下。

昨晚，我们在网飞上看电影《所有明亮的地方》。电影是根据一部小说改编的，剧本编得好，演员演得也好。虽然结局有点悲伤，但电影很棒。恐怕以后的影视作品鲜有皆大欢喜的结局。有人说，现在的孩子都不相信幸福的结局。

晚上，我准备看看书，然后和琳子一起看电影。明天是个大日子，要出门办很多事，但我一点也不害怕。

3月9日
星期一 2020

太空漫步者

第45天。在半睡半醒之间，我似乎看到了家园、爱人、安全感、昔日的正常生活，美妙无比。睁眼醒来，客观现实如潮水般将我淹没。我就像是被陨石撞击过的地球，伤痕累累。一杯浓咖啡，一顿美味的早午餐，抚平了我心里的伤痕。我似一名刀尖舞者，一边无情地揶揄自己荒诞的人生，一边又被鲜为人知的人间悲剧所深深触动，内心十分纠结。RZA，要不要一起喝杯茶？

现在，我每天听RZA的音乐，与之进行心灵对话。他的音乐抑扬顿挫，指引着我进行自我修炼。正念冥想与美国嘻哈乐队“武当派”音乐的组合，是今年热门的混搭，令人眼前一亮。我从来没想过，自己会如此沉迷于RZA的音乐。没有它，我会疯掉。

我整理了一下房间，喝了点咖啡，上了一节课，是关于冒失鬼的故事。

同事迈克尔让我再去一趟他宿舍，从他笔记本电脑里拷贝个文件。上次他请我做同样的事情时，我还挺担心。现在，我已驾轻就熟。这意味着，我已经习惯了现在的生活状态。

我洗了点衣服，包括我的“太空漫步服”。

“至尊公主”号成了第二艘“恐怖邮轮”。邮轮上的新冠肺炎确诊病例被送往旧金山。先疏散病人，然后健康乘客才能下船。如

咖啡不是一种饮品，而是一门艺术

果没有安排多个下船出口，这个方案就太可怕了。我担心“至尊公主”号上的乘客安全，也担心我们所有人的安全。

我最大的毛病就是总爱在裤子上擦手。薯条屑，黏乎乎的水果，啥都往裤子上蹭。每次做完比萨或面包，我的裤子就变得脏兮兮的，很恶心。所以，我洗了裤子，晾干，明天又有干净的裤子可以擦手了。

眼看着香蕉变黑，我心里有了主意。

平心而论，迄今为止，我的生活总是先人一步。天哪，最近连冰川都融化得很快。

我表姐安德莉娅来信，说美国明尼苏达州明尼阿波利斯出现了首个新冠肺炎病例。她想再次确认一下自己的囤货清单是否齐全。收到家人的来信，我很高兴。更让我高兴的是，他们正在着手准备，应对疫情。美国一半的州都出现了确诊病例。最近，与我们生活休戚相关的三个关键词都以字母 C 开头，即病例（cases）、聚集性疫情（clusters）和社区传播（community spread）。

我的堂弟斯科特和朋友塞巴斯蒂安虽然行事保守，但很聪明。

我与他们取得联系，得知他们一切安好，我很高兴。听了他们对疫情防控的不同意见，我的态度不那么极端了。曾经，我就像个井底之蛙，蜷在像“宇宙飞船”一样狭小的公寓里，流连于社交媒体，只听得到与自己观点相近或相同的声音，但如今我从井底爬了出来，开始听取各种不同的声音。

我们借助在线会议软件与重庆市医务人员连线直播。我为重庆的疫情防控工作感到骄傲。

来自意大利北部隔离区的航班入境英国时，未经任何检查。亚洲以外的地区，疫情防控不力，令人痛心。我搞不清楚这是为啥。英国公共卫生部建议航班上的乘客自我隔离 14 天。真不知道现在有多少无症状感染者正在办公室闲聊。希望老爸在办公室时，能与他人保持两米的距离。为什么人人都想逃离意大利的隔离区？难道他们不知道这种做法很糟糕吗？

让我们做对的事情。

80% 的确诊病例可以治愈，15% 为重症患者，5% 为危重患者。哪个城市的医疗系统能容纳 5% 的人口住进重症监护病房？这将是一个可怕的春天。有报道称，医疗需求正在激增。根据数学模型预测，5 月份美国的医疗体系将全面瘫痪。到时候，美国打算怎么办？美国人打算怎么办？

2020 年 SXSW 电影节已取消。超级音乐节等多个活动也已被喊停。我和莱斯利正打算取消火人节演唱会。但计划兴许会变，谁知道呢！也许我们可以戴着口罩，间隔两米，尽情歌唱。我跟梅德·玛丽安说，只要观众入场检票过程能拉长到 14 天，人人都待在车里，我们就不会被传染。

在一次新闻发布会上，加拿大不列颠哥伦比亚省的卫生官员邦妮·亨利医生忍不住哭了起来。该视频播放量超高。有人说：“真是性情中人！”还有人说：“如果卫生官员都在电视上哭了起来，说明真相比我们所知道的表象还要可怕。”民众很难厘清该想什么，不该想什么。

我们全副武装，准备“出舱活动”。一股强烈的焦虑袭上我心头。

近50天来，我一直猫在家里，平安无事。我的家，就像一个能给我生命支持、护我周全的“太空舱”。今天，我要走出舒适整洁的“舱体”，走进太空，花一整天的时间与各种来历不明的人打交道，与数万亿巨恐怖的隐形粒子共处。我正走向未知。

我又召唤精神导师——世界上最棒的嘻哈乐队“武当派”及其音乐里隐含的神圣灵感。只要按一下按钮，RZA 就会来到我身边，随时准备引领我渡过危机、摆脱绝望、消除恐慌，让我内心安宁。我们携手，消除杂念。

欢迎开启太空探险之旅。

至高无上的 RZA。我呼了一口气。有 RZA 的陪伴，一切皆有可能。

走向大门的路上，琳子叫了辆滴滴网约车。

迄今为止，一切顺利。

今天，我们将目光投向熟悉的宿敌：分心。

我点头说道：“好老师！”RZA-AI 的中文比我好。

到大门口时，我才意识到今天的“太空漫步”行程可不短。通常，到校门口取包裹，是我“出舱活动”的终点。今天，校门口只是起点。

出门时，我们拿了张类似出门卡的东西。候车的时候，我随手拍了段视频，孩子们在玩耍，人们在买吃的……处处可见人间烟火气。五分钟后，车到了。

琳子晕车，不顾我的劝阻想坐前排。但司机不让，叫她到后面去。车很干净，没有烟味。就像电影《传染病》一样，车内前后排座位之间，隔了一张塑料膜，把司机与乘客隔开。座位旁，有一小瓶喷雾洗手液。迄今为止，一切顺利。

耳边仿佛传来 RZA 的声音：“我们携手，定能消除杂念。”若想成功，得放松心态。

我遵照 RZA 的耳语指令，缓慢呼吸。我用鼻子慢慢地吸气，呼气。我尽力保持呼吸缓慢、轻浅、有度。出门前吃了大蒜，我可不想把口罩给熏臭了。

我拍了一些照片，琳子鼓励我拍一个小视频。一开始，我不想拍，说："我需要照片，又不是视频。"但转念一想，拍个视频也不错。看看这大街小巷，不似以往！不过，以居家隔离的标准来看，这种人流密度已经很高了。

你得找个阴森森的地点开拍。

晓得了。

以舒适的姿势坐好，双脚着地，双手交叉，或轻轻放在膝盖上。

我换了个姿势，放松身体。深呼吸。没事儿，一切都挺好。

重庆拥有 3124.32 万常住人口，加拿大的总人口为 3800 万，两地人口数量差不多。令人难以置信的是，在这个世界上人口最多的大都市，正以最低能耗的方式在运转。当然，街上并非冷清得像个鬼城。大家各忙各的。有些商店和餐馆已经开张，有些人

公共交通工具安装了塑料隔膜，以保护司机和乘客的安全

赶着去上班。不过，与往日不同的是我们都很谨慎。在马路上，在街道里，人与人之间的距离间隔得非常远。

现在，闭上眼睛，呼吸……耐心前行。

我慢慢地呼吸，恐慌和焦虑都统统消失了。只剩下我自己。

跟着我的节奏，感受每一次吸气。每一次呼气。吸气。呼气。

我们打车从九龙坡区出发，前往渝北区。我买的房子在渝北区。下车后，我镇定地走到楼前。院子的门被封了。

对有些人来说，鲜有东西能分散他们的注意力。对许多人而言，很多东西都能分散其注意力。

这不是明摆着的事实吗？！净说废话。

想一想，有哪些东西正在分散你的注意力，扼杀你的创造力。

老兄，有很多东西都能分散我的注意力。

有时是身边的人或事，你懂的，家庭事务，或疯狂的同事，或没完没了的来电。

有这么多干扰，我怎能专心？

有时候，干扰来自自己脑海中的纷繁杂念。

很多想法都对我造成了干扰。对我而言，最近两个月挥之不去的念头是，如果我死于新冠肺炎，那么我想在哪里死去？和谁一起死去？令我高兴的是，我勇于直面内心的恐惧，留守重庆。一是因为我的家族很团结、很了不起。二是因为逃避恐惧，并不能给你内心带来安宁。勇于直面内心的恐惧，认识到恐惧并不可怕，你的心灵就能重归平静。我知道，一切都会好起来的。

到了大门，保安被我搞糊涂了。

“那个老外是谁？”

“我丈夫。”

“他为什么来这里？”

“他的房子在这里。”

“我不认识他。”

“让他进来吧。”

我登记了个人信息。门卫用体温枪给我们量体温，登记了我们的信息。

在楼下,我们见到了中介。我们碰了碰脚,算是打招呼了。酷!

随后，我用触控笔按开电梯，按楼层按钮。准备充分，一切尽在掌握。电梯里有筒子，装满了筷子，以供按电梯按钮用。

每个人都以自己的方式,做好了准备。适商是指某天一觉醒来，即使生活中突然冒出了 99 条新规则，你也有能力适应。好吧，今天得赴汤蹈火？知道了。

人总会制造混乱。有时候，我们会感觉生活一团糟。我们无法逃离或忽视混乱。那不现实。我要教你如何拥抱混乱。

这是我第一次和他人共乘电梯。

我们都戴着口罩。电梯厢闻起来超干净。有 RZA 的陪伴，我心里很踏实。我们打开公寓门，还好，有点乱，但不脏。

年轻的中介走了。我和琳子脱下外出服和防护装备，花了一两个小时打扫卫生。又是擦拭，又是拖地，把屋子收拾到可以交付给房客为止。

我听一个嘻哈节目对尼尔·德格拉斯·泰森的采访。虽然他重复了在脱口秀《科尔伯特报告》中两句最著名的老话，但他的表现依然可圈可点。

我们的房客是一名在政府部门工作的女性。明早，她就从哈尔滨返渝。哈尔滨位于中国北部，天气很冷，冬天跟加拿大有得一拼。在那儿，1.8 米高的女子并不鲜见。东北人很会包饺子。所有返渝人员都得居家隔离 14 天。她也不例外。

在无序中寻找秩序，是我奉行的生活之道。

该死的 RZA，我也是。

我把自己想象成太阳，位于宇宙的中心。在太阳系里，我饱受行星、小行星、彗星等物质的干扰。这些东西或是围着我转，或是从我身边掠过。

这么一想，还真管用。十年前，我学过一阵子的合气道。合气道也主张在无序中寻找秩序。在招待所里，鲁米也教过我同样的道理。

打扫完卫生后，我和琳子在自己的房子里歇了会儿。

随后，我们离开房子，打车回家。这辆车还没安装前后座的隔离膜。司机说，刚接到上头通知，还没来得及装，本周就会到位。这是新的强制性措施，但并不是每辆车都落实到位了。不过，他戴着口罩，我们也戴着口罩，窗户开着。我并不怎么担心。

想想生活中的绊脚石，或是那些让人倍加焦虑的事情。

相形之下，疫情期间打车出行，算啥事儿呢？最近，日日夜夜，里里外外，都如此。

仔细观察，到底是什么在撞击你的轨道：噪音、职场争斗、消极因素。将这些统统视为向你飞旋而来的大小行星。它们自以为能对你造成冲击。但记住，你是太阳。

我是太阳。

你有能力察觉身外的嘈杂之物。

让它们随风而去。我清除了噪音。

正值交通高峰期，街角处堵车，全程花了半小时。琳子在银行机器上缴纳今年的医疗保险费用。我们买了点奥利奥饼干、士力架巧克力、冰激凌和两杯蜂蜜柚子茶——我最喜欢的润喉佳饮。

我们取了两个快递包裹，一盒牛油果和一些金属配件。配件是安装在煤气炉上的，以防止锅滑动。琳子在一家餐厅外打包了半成品的火锅。餐厅不能堂食，所以我们带回家自己煮。

无论是现在还是将来，当你无法集中精力时，我希望你停下来，厘清是什么在干扰你。是恼怒？是幽默感？还是好奇心？每当有东西进入你的轨道时，仔细分辨，弄清其本质。承认其存在，分析并分类。然后任其回归自己的轨道。

回家路上，护目镜严重起雾，我只能看到为欢庆春节而悬挂的彩灯闪烁着模糊的灯光。不过，我一直在练习闭上眼睛，摸索回家，把东西收拾起来，洗个澡。狗狗看到我很兴奋。不过它们也很有耐心，乖乖地等我洗浴更衣，再跟它们打招呼。

现在，太空探险之旅结束了。想一想，在你的太阳系中心，还剩下什么？努力做一个太阳，让行星围着你转。现在，睁开眼睛。

晚饭，我们吃火锅和比萨。太赞了！我喝了点果汁就去编辑新闻。和朋友瑞特·莫里塔聊天，他说网飞出了一部关于日本武士的新剧，值得期待。他也囤货备灾，我们互相交流心得。他觉得用触控笔按电梯的主意不错（这个主意可能是凯登斯告诉我的，也可能是我告诉她的）。几天前，在多伦多，莫里塔遇到有人冲着他咳嗽。现在莫里塔嗓子开始疼，但愿只是感冒。

有个住在西雅图的朋友的朋友确诊了新冠肺炎。莫里塔参加了个派对，当时似乎没人生病。几天后，一半参加派对的人出现了可怕的流感症状。她做了新冠病毒核酸检测，结果呈阳性。但她

重庆著名的火锅

没住院，自己用苏打水冲洗鼻子，保持呼吸畅通。

稍后，你可以采取行动。但现在，关注就好。再强调一次，要承认让你分心的东西的存在，而非关注其引发的情绪。然后，目送其离开。

为了剪辑视频，我熬到凌晨1点。哦，太晚了。现在，我还得写博客。啊，有灵感的感觉真好。我想念所有半夜谱曲的夜猫子。琳子觉得我疯了，但她没发火。

任由那些噼啪作响的小行星和大行星消失在远方的夜空中。面对身边的混乱局面，保持密切关注，施加引力，让它们围着你转。

谢谢你，RZA！今天你帮我渡过了难关。我们很酷吧？明天见？

好吧。

3月10日
星期二 **2020**

被打喷嚏逼疯

第46天。昨天忙活了一整天，一觉醒来，还是觉得很累。以前，为了编曲或创作，哪怕是24小时不眠不休，不吃不喝，我也不觉得累。真怀念那样的日子。喝了点浓咖啡后，我精神多了。20：00打算玩桌游《龙与地下城》。除此以外，今天没啥可忙的，感觉真爽。我联系了编辑，给她看我昨天的日记，近3000字，写得一团糟。我们修改了一下稿子，然后我着手剪辑昨天搭车外出的视频，加背景音乐，编辑标题，渲染输出。

琳子接到一个电话，是我们名下的房子所在社区领导打来的。看到昨天的访客登记表上出现了个外国名字，她顿生警觉。

社区领导很着急，连珠炮似的甩出一连串问题："这个老外是谁？他刚来重庆吗？为什么会出现在我们楼里？是租客吗？"

我妻子答道："不，他不是刚来的。他是户主，房子是他买的。他是我丈夫。"

真是难以置信，社区工作人员似乎很担心从境外疫区返渝的外国人。他们的弦绷得很紧。

我喝了很多咖啡，一天尿了50次，感觉自己像个漏斗。我是不是得多吃点？

我出门取快递包裹。转身准备离开时，我听到有人倒吸了一口

重庆日落

气。我转过身去，看到有名中年男子，摘下口罩，弯腰打了两个喷嚏。声波弹到附近的建筑物上，又反射回来。他就像个排放有毒气溶胶的恐怖分子，周围的人吓得瞬间石化，如同高速路上被刺眼的远光灯吓呆的群鹿。你个衰人！这种行为等同于犯罪！真是个对新冠病毒一无所知的笨蛋！

新的研究结果表明，在某些情况下，空气中飘浮的新冠病毒可以传播到 4.5 米开外的地方。

我很想跑回去，教训他一通。霎那间，我脑海中浮现出各种飞速旋转的物理公式和数字。我算了一下，按照勾股定理和电影中的慢镜头子弹效应，我在其喷嚏射程之外，随喷嚏气雾喷出的病毒颗粒够不着我。所以，我慢跑离开。那些处在射程之内不幸的人，就自求多福吧。

回到家，我给自己消了毒。坐在琳子身边，我忍不住要打喷嚏，赶紧起身跑到浴室，把头埋在臂弯里，打了 5 个喷嚏，不是 1 个，是 5 个。我又不是动物。我边唱《波希米亚狂想曲》，边用肥皂和滚烫的热水洗手。

我帮编辑审校关于新型冠状病毒的内容。多双眼睛，多看一遍，总没坏处。

所有派对和公众集会都被取消了。真希望能早日看到数百万尽情手舞足蹈的宅男宅女。

我陪琳子去银行办理业务。步行 15 ～ 20 分钟的路程，阳光明媚，温暖宜人，很舒服。要是搁几天前，出来走这么远的路，会让我觉得压力山大。经过昨天的“出舱活动”，我在公共场合觉得放松多了，只要小心防护就行。

到了银行，琳子填表登记，进门预约。我也想进去，但银行工作人员挥手示意我离开。他们很坦率地说，外国人入内，得向上汇报。他们不想惹这种麻烦。早上接到电话之后，我就明白是怎么回事了。他们心里的弦都紧绷着，不想把事儿整大。

我在银行外面等了大约一个小时，看刚剪辑好的视频，在阳光下踱步，欣赏我们乐队美妙的音乐。警察从我身边走过，一脸惊奇地看着我。一个小时后，琳子出来了。她说，看到我，所有银行职员都很惊慌。让琳子百思不得其解的是，我明明戴着护目镜和口罩，差不多把整个脸部都挡住了，银行职员怎么能看出来我不是中国人呢。银行职员问：“他回过国吗？”琳子说：“没有，没有，我们已经在重庆呆了 45 天了……”他们这才放心了。

我们往回走。在 25° C 的阳光下边走边跳了一个小时，我身上所有的衣服、两个口罩和护目镜，都湿透了。

我就像又回到了沙漠里。那一晚，我们在神秘的沙漠之城游荡了一整晚；早上，一起在沙漠寺庙看日出；中午，在香槟酒廊喝香槟，吃午饭，开售根者乐队的演唱会。几个小时后，我们才发现没水喝了。盖伦拖着小提琴，跟我们在沙漠里行走了好几个小时。我们迷路了，处于脱水状态。最终，我们总算找到了北，返回营地。我累瘫了，端起冰镇玛格丽特酒，痛饮一通。

回到学校门口，我止住脚步，擦了擦额头上的汗。那一刻，我才意识到，如果因为在阳光下跳舞而体温过高，估计没等我解释，门卫就会报警让医务人员把我带走。

我脱下夹克衫、毛衣和长袖衬衫，擦了擦额头和头发上的汗水。

等凉快了一会儿，我走向门卫，希望一切顺利。他用测温枪给我测量体温，还好，体温正常。我们顺便取了快递包裹，回家。

我们歇了会儿，打扫卫生。换好衣服后，我又渲染输出了一个新版视频，发到手机上。我去“健身房”，也就是停车场找琳子，晒晒太阳。我神采焕发，笑意盈盈。生活真美好。我又看了一遍加了标题的视频。完成 500 个踢腿。

护目镜戴久了，我脸上出现了明显的眼镜晒痕，很不舒服。天气越来越热，以后晒痕会更明显。

我们简单吃了点新鲜的蔬菜和米饭。饭后，我写了一些东西。

下午 5 点半，我发现琳子拿着外出服坐在床上，和她妹妹视频通话。我朝她大吼，让她把衣服拿到门口，然后用高浓度的酒精喷雾喷床。隔离 50 天，琳子放松了警惕。可不能让她这么做，我会竭尽全力保护我们。

所以，我——“好凯”和另一个自己——“坏凯”，展开了一次奇怪的谈话。“坏凯”是我的经纪人或者公关。他对我说：“好凯，你知道的，‘大家快看，我在隔离’这种戏码，演一个月就够了。现在还这么演的话，有点过时了。现在意大利也‘封城’了，那儿才是大家关注的疫情新‘震中’。接下来的第二季，你打算上演什么桥段？”

“哦，坏凯，难道我不懂吗？我只是想活下去，一天一天活下去。保持良好的心态，保持健康，写写日记。”

我的经纪人高举双手，嘲笑道：“无聊。读者想看你的窘样，以忘记自己的烦恼！如果你过得比他们好，他们干吗还要看你的书？”

“嗯，那我就不清楚了，真的。我隔离了 50 天，始终保持积极的心态。也许他们会从中得到启发……”

“无聊！”经纪人尖叫道，“保持积极的心态又赢不了金球奖。我就想知道，你会给读者带来怎样的悲惨故事。听着，我就说你是树林里的一只小鹿。我有个主意。你准备好了吗？”镜中的“坏凯”挑起眉毛，冲着镜子外的我邪恶地笑着。我知道，麻烦即将来临。

啊，我想，这就是大家不喜欢我的原因。

“你准备好了吗？”我重复他的话。

我的经纪人搓着手，说：“嗯，好吧。听好了，第二季我们打算让你染上新冠肺炎。”

“你要……让……我……染上新型冠状病毒？”我弱弱地问。

“没错，这个主意很棒吧？尽管读者对你‘出舱活动’很感兴趣，我们还是要制造更大的悬念，让读者蹚过泥泞的道路，让他们揪心，让他们好奇你是否能顺利回到加拿大。最后，‘duang’，来个意外的结局，让他们目瞪口呆！”

“你想让我染上新型冠状病毒？”我又呆呆地重复了一遍。

“是的，只要来一点病毒，我们可以把它洒在你的食物上，完全无痛感。”

“不要，我自己做饭吃。”我说。

“好吧，不如你放飞一下自我……舔一下地铁栏杆？”

“不要！”

“要不你在口罩上打几个洞，出去打会儿麻将？”

“不要！”

“来吧，来一点新冠病毒……传染给你妻子，传染给全家人！这剧情太跌宕起伏了！如果你得了新冠肺炎，我们肯定会把你的作品版权签下来。事实上，我不确定书能否卖得出去。”

“不要！知道吗，你被炒鱿鱼了。去你的。”我咕哝着，起身去帮琳子做晚饭。厨房里，锅碗瓢盆震天响。明眼人都看得出来，老婆大人这是在暗示我前去帮忙。

如今，意大利“锁国”了，人员流动紧急管控措施从北部三大区推广至意大利全境。6000 万人啊！意大利是欧洲首个“锁国”的国家。很多人感到震惊。但如果你关注局势的话，这并不令人意外。人们从北部隔离区跑到南方，接着确诊病例就传开了，这不是意料之中的事情吗？

意大利总理朱塞佩·孔特说：“宅在家里才是王道。我们的未来掌握在自己手中。”

意大利的封城措施影响了某个监狱囚犯家属的探视，引发了暴动，致使多人受伤，7 人死亡。这次暴动，也是意大利现状的缩影。意大利是世界上最受欢迎的旅游目的地。我们在意大利度过了美妙的暑假。疫情暴发之前，意大利的经济就已受到冲击，GDP 增速缓慢。疫情暴发后，旅游业停摆，医疗体系崩溃，民众难以为继。这场疫情，就像是一场大风暴，横扫意大利。其他西方国家袖手旁观，看着意大利人——这个天性自由的民族，将如何执行严厉的防控措施，以遏制病毒传播，拯救数百万人的生命。

今天纽约证券交易所开市时，股民们还笑意盈盈。可惜好景不长。美股开盘 4 分钟左右，道琼斯指数下跌 2013.76 点，跌幅 7.79%，创 2008 年 12 月以来最大单日跌幅，触发了第一层熔断机制。这一天被称为“黑色星期一”。人们早就想知道，股市泡沫会被什么东西戳破。今天总算是找到答案了。新冠肺炎正是我们在茫茫大海中捞出的硕大金针。事实上，人类从未想过要去捞这枚针。

自 2 月 2 日始，重庆市本地确诊病例持续下降。据一位姓杨的专家介绍，在本地的 576 例确诊病例中，241 例为输入病例；247 例为二代病例，即与一代输入病例密切接触而受感染者，主要是一代病例的家人和朋友；88 例为社区传播所致，占比 15.3%。只要严防输入，我们就有望全面复工。

我又种了一批豆芽。明天我们要煮豆芽汤，做香蕉面包和菠萝

琳子在线跳 Salsa 舞

派。宅在家里，终日无事，做饭就成了大事。

琳子又报了一个 Salsa 舞网课。我提醒她，要注意保护肩膀，她听进去了。我给她拍了张照片，她看起来很开心。

20：00，我在线玩《龙与地下城》。我怀着 RZA 赋予我的勇气和静气，扮演《龙与地下城》中的铁拳之王——非洲武士。他是我最喜欢的角色。能扮演他，与朋友一起玩游戏，真是太爽了。玩到肉搏那一关，我们遇到了狼崽，得轰走它们。我们的精神高度紧张。不过没关系，只是遇到了点新问题，我们会没事的。

解决了十几个技术问题后，我成功将昨天的视频上传到“油管”上。视频时长 1 小时，是我打车在重庆转悠时拍的。背景音乐是我最喜欢的老曲子，出自售根者乐队的老专辑。在视频里，我介绍了重庆采取的严格防控措施。正是得益于这些措施，重庆正恢复元气。希望这个视频对国际社会抗疫能有所启示。视频一发布，立马就被禁了。明天再试一次。

打完游戏，已是晚上 12 点，我上床，和琳子休息。

2020 3月11日 星期三

解锁“健康通行码”

第 47 天。午饭前，我要告诉你三件不可能会发生的事情：人不会真正死去；人只会改变；时间就是个概念——是个连一坨屎都盛不了的虚拟概念。

今天，我睡得很香。我在拯救世界和享受丰盛的早午餐之间找到了平衡。我有没有说过，我是咖啡的死忠粉？再说一次也无妨。

我看了一些关于病理瘤的教学片，试图揭开人体的神秘面纱，弄清楚人为何会生病。我从书架上抽出但丁的《地狱》，是本硬壳精装书，徜徉在但丁笔下的地狱里。

意大利足球运动员丹尼尔·鲁加尼宣布自己感染了新型冠状病毒。鲁加尼效力于尤文图斯足球俱乐部。他确诊后，意甲联赛停摆。居家隔离了几天，鲁加尼在俱乐部频道中说：“我很好，状态一直都不错。我希望，自己的染病经历能提高人们的疫情防控意识。最近，我真的刷完了所有的网飞视频！”

美国总统特朗普说，他已经接受了新冠病毒核酸测试，结果为阴性。

网上流传一段视频，看得我直起鸡皮疙瘩——在居家隔离期间，意大利人在阳台唱歌。两个月前，武汉人也在阳台唱歌。音乐是治愈良药。人同此心，心同此理。

我发了几封邮件，其中一封是介绍中国、新加坡和韩国的“硬核”疫情防控措施，希望加拿大政府也能采纳。以上三国的疫情防控，可圈可点。如果加拿大和西方民众都能谨慎行事，做好自我防护，并敦促国家领导人加强防控，疫情形势将大不相同。

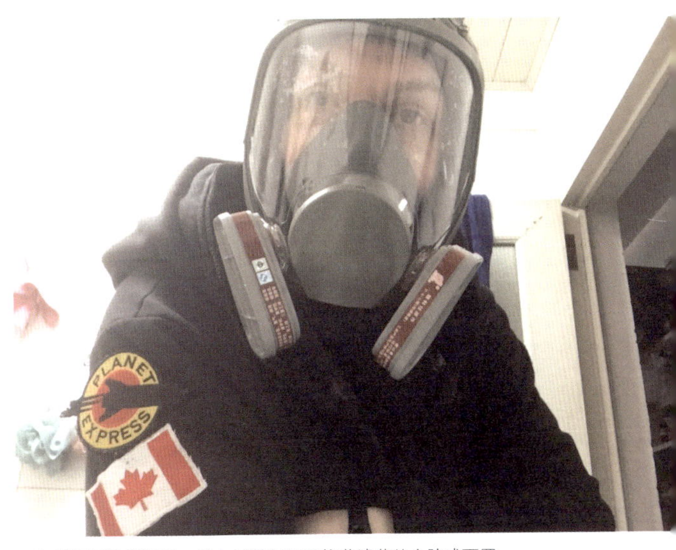

王凯升级了防护装备，戴上了带气阀和抗菌滤芯的全脸式面罩

我给张镇然上了一个小时的课，十分有趣。

水槽漏水了，被我修好了。

最近 15 天，重庆市没有本土新增确诊病例。自今日起，重庆市重大突发公共卫生事件应急响应级别由一级调整为二级。明天，我们要回琳子娘家！太神奇了。对我来说，这可是个大好消息。

琳子正在给我注册健康通行码，系统会根据我的活动轨迹和在重庆待的时间，显示为绿色、橙色或红色。既然我已经居家隔离 45 天了，希望我的健康通行码显示为绿色。其实，我不太想注册，希望像卢德分子一样，远离科技，大隐于市。不过，没有健康通行码，我就去不了老丈人家。

今天，我取了几个包裹。出门取快递对我来说，已经不算事儿了。其中，一个包裹是带气阀的全脸式面罩。当初买它，是为了面对面授课用。现在，可能得留着等回加拿大时再用。谁知道呢，有备无患。从下单到收货，费了很长时间，我本来想退货，但还是作罢了。我的思维方式发生了重大转变。也许有一天我会需要它。我捣鼓了一会儿，装上滤芯，试一下，很合适。这可是个货真价实的家伙。面罩的硬壳很容易消毒，我用洗干净的手捂住滤芯，进不来一丁点儿空气，密封性很好。面罩有两个抗菌滤芯，使用

凯做了外婆最拿手的香蕉面包，味道很好

不频繁的话，够使好几年。

我又发出了几封信。一封是关于如何公平地向大多数即将失业的公民发放补助，发给了加拿大的决策者。第二封是一份自我防护计划，共有 10 个要点，发给不想被新冠病毒感染的人。我们发起了请愿书，呼吁加拿大政府尽快帮助失业群体。短短几个小时，请愿书就获得了 50000 个签名，声势越来越浩大。一位澳大利亚市长和一位加拿大国会议员联系我，与我深入探讨疫情防控的问题。我和一个朋友聊天，他是美国佛蒙特州联邦参议员伯尼·桑德斯的支持者。他正与桑德斯一起拯救美国。今天我做了很多有意义的事情。

随后，我做了一个香蕉面包，很瓷实，像极了外婆做的面包。我要给外婆打电话，告诉她这个消息。

我已经剪完视频了，以后还会制作视频。不过，我现在太累了，太累了，一时半会儿不会再制作视频了。

中国的“健康通行码”应用程序，依托 GPS 定位技术，查询你最近 2 ～ 4 周的活动轨迹，测算出持码者的健康等级状态，评估持码者的公共卫生风险。和许多其他应用程序一样，没有中国的身份证，很难注册健康码。过了一会儿，我和琳子想办法输入我的电话号码、护照号码，不填身份证号码。它发出提示，进行脸部识别，很快就判定我是一个深居简出的谨慎隐士。我的健康等级为绿色！我可以在重庆自由走动了。

3月12日 星期四 2020

在重庆，我们彼此信任

第48天。看到意大利的惨状，我的心在滴血。7个月前，我们曾在意大利梦幻般的广场上漫步，仿佛我们拥有全世界的时间。现在，意大利却被新冠病毒围困。病毒如潮水袭来，横扫整个意大利，拖垮了他们的医疗体系。3月11日，意大利首席医务官罗伯托·斯特拉因新冠肺炎去世。愿逝者安息。

3月12日，有消息称，著名的英国阿森纳足球俱乐部主教练米克尔·阿尔特塔新冠病毒检测结果为阳性，成为英超首例确诊病例。据俱乐部球员透露，阿尔特塔状态不错。谈及教练时，卢卡斯·托雷拉说："说实话，我们没想到病毒会传进俱乐部的更衣室。"

有人指责，中国在疫情暴发初期行动缓慢，但当时没人知道我们面对的是什么。为了遏制新冠病毒的传播，中国举全国之力，让数亿人居家隔离。看着中国全民"抗疫"，其他国家都采取了什么行动？有多少国家迅速投入抗疫？很多人说："哦，那是中国。"意大利一点都不担心。意大利的年轻人一笑置之，继续参加聚会，在公共场合互相亲吻。直到意大利出现了"病毒炸弹"——这是意大利顶级医生的原话。"病毒炸弹"爆炸，意大利人被迫"锁国"。现在，美国和加拿大只要看看中国和意大利，就知道下一步会发生什么。美国和加拿大是立马行动，还是等到疫情一发不可收拾再说？

据报道，意大利北部地区的就医需求，两倍于当地医疗体系的承受能力。许多病人坐在椅子上吸氧，没有病床。这一情形听起来不就是疫情初期的武汉吗？如果不是，那就说明意大利的情况更糟。65 岁以上老人被放弃治疗，生死由命。在伦巴第北部的时髦地区，医护人员重点救治年轻人，无暇顾及年长的病人。虽然很多年长的病人非富即贵，但也只能在呼吸衰竭中苦苦挣扎，无助地死去。这是最残忍的患者鉴别分类法。

许多医护人员也病了，还坚持带病上岗，直到自己也病倒在岗位上。90% 的医院用作新冠肺炎定点救治医院，仅有 10% 的医院接治非新冠肺炎患者。即使是这 10% 的医院，医护人员也在减少。非必要手术、中风和其他紧急情况，根本无人接诊。这就是疫情发展趋势，确诊人数将呈几何指数增长。这股巨浪，势不可挡。

都这样了，人们还说我危言耸听。

面对呈几何指数暴发的疫情，如果你选择观望，就会陷入艰难境地。美国科罗拉多大学波尔得分校荣誉物理学教授埃尔伯·艾伦·巴特莱特博士曾做过一个有趣的思维实验。如果你坐在纽约的扬基体育场里，坐在最后一排最偏远的位置上，看到一滴水从天而降，落到场地中央，你会注意到这个雨滴吗？

当然不会。

一秒钟后，又掉了两个雨点，你会挺直腰板担心被淋湿吗？

我打赌，你不会。

过一会儿，又掉了 4 个雨点，再过一会儿，8 个雨点，你会警觉吗？我打赌你连眼睛都不眨一下。

过了一会儿，16 个雨点，然后是 32、64、128 个雨点。

如果水滴每秒钟翻一倍，你认为需要多长时间雨水才能淹没整个扬基球场？

花点时间想想。

想不出来?

答案是：不到一小时。只需要60分钟，你和体育场里的所有人，无论是在本垒上还是坐在看台最后一排最偏远的位置上，都会被淹死。雨下到什么程度，你才会站起来？如果你非要等到地上积水深达1.8米才起身和成千上万的人一起逃生，那么在前54分钟，你就坐在位置上无所事事，最后6分钟才和其他54300名观众一起挤向大门口。这就是几何指数增长会带来的主要风险。巴特莱特博士说："人类最大的缺点是无法理解指数函数真正意味着什么。"

观望，意味着坐以待毙。

如果我有权力，我现在就会禁止一切旅行。至少，我会采取像重庆一样的强制措施，但凡入城者必须隔离14天。我会给旅游按下暂停键，取消所有公共集会。人的生命比金子贵。听起来是不是很极端？这取决于你什么时候开始思考这些问题。为了应对疫情，我所做的一切似乎太多了。但我痛苦地意识到，等时过境迁再回头看，我所做的一切又似乎太少了。我们也避不开指数增长的影响。

一些初步的数学模型显示，保持社交距离，对于遏制病毒传播会产生巨大的影响。一个没有任何不适反应的无症状感染者，一周内可将病毒传染给2.5～5个人，一个多月内可将病毒传染给400个人。美国媒体称，世界卫生组织官员说，新冠肺炎的死亡率为3.4%。如此算来，如果没有居家隔离，14人将患新冠肺炎而死亡。如果我们能联系到这些人，想办法说服他们减少外出活动，哪怕是减少一半也行，也能极大地减少被感染人数。

年轻健康、魅力十足的加拿大总理特鲁多说，他不想禁止旅行或取消集会，因为那是"条件反射式的反应"。今天，他本人、其妻子索菲和孩子们已经居家隔离了。

几个小时后，索菲·特鲁多被证实感染了新型冠状病毒。

条件反射，正是你的膝盖被敲后会出现的正常反应。

3 月份假期结束后，安大略省的所有学校，将继续停课两周。尽管如此，安大略省省长道格·福特还是鼓励人们趁着假期出去玩一玩。

不知道特鲁多是否会像他父亲那样有胆识，宣布戒严令，全面进入战时状态，禁止非必要旅行，取消所有集会，鼓励民众居家隔离，以“抹平疫情曲线”。如果特鲁多能说出一句“听我的！”，我会对他重生敬意。

一个世纪以前，也就是 1918 年，当全世界忙于应对西班牙流感时，出现了两种截然不同的疫情曲线。在美国费城，政府任由流感病毒肆意蔓延，出现了一条很短、很陡的疫情曲线，医疗系统瘫痪，太平间爆满，死者停尸家中，无处下葬。在圣路易斯，人们保持社交距离，疫情曲线要长得多，也缓得多。这让医护人

重庆用 9 个巨大的沿江屏幕展示奋战在抗疫一线的医护人员的名字和照片，向保护人民生命安全的英雄致敬

员得以喘息，有机会挽救更多的生命。在目前的新冠肺炎大流行中，我们看到，约有 15% 的患者有严重并发症，约 5% 的病例需要重症监护干预。死亡率的高低，取决于我们的接治能力。但现阶段，世界卫生组织已将死亡率定为 3.4%。如果我们不使疫情曲线变平，将有 5% ～ 15% 的危重症患者会死亡。其实只要救治及时，很多人是有存活机会的。想象一下，有人心脏病发作，救护车五分钟后到达和一小时后到达的区别。平缓的疫情曲线，将拯救许多生命。我们有责任居家隔离，成为“睡衣英雄”，通过保持社交距离来遏制病毒传播。

我们要对自己负责，也要对社会负责。居家隔离是所有公民的义务，能给医院争取更多宝贵的时间。染上新冠病毒的危重患者，往往要在重症监护病房住三周或更长时间。可见，要治好住进重症监护病房的新冠肺炎患者，并非易事。

有些西方民众受够了政府的软弱无能和迟钝响应，发起了一项“宅家运动”，建立了域名为 Staythefuckhome.com 的网站，引导人们认识到居家隔离的重要性。居家隔离能遏制病毒的几何指数增长，尽可能多地挽救生命。如果我们回顾 1918 年流感大流行时期各地的死亡率，就会发现，不同城市采取了不同的隔离措施，死亡率也大相径庭。我们看到，美国密苏里州东部大城市圣路易斯在 1918 年的春秋之交已遏制住疫情。而同年 10 月，费城的感染人数急剧上升，导致医疗系统瘫痪，人们无处求医，或在家等死，或病死街头，那景象令人毛骨悚然。

你能做什么？居家办公，减少开支，囤货备灾，居家隔离。睡衣英雄也能拯救生命。

琳子准备回娘家。我们都很疲惫。

我的视频已经剪辑完成，可以发布了。我从手机视频里精选了一些镜头，剪辑成 35 分钟的纪录片，呈现我在重庆的隔离生活。面对新冠病毒，重庆戒备森严，采取了非常“硬核”的防控措施，如所有返渝人员一律隔离 14 天；监测返渝人员健康状态，在所有公共区域和居民小区设体温测量点，加大对密切接触者的核酸检测力度和活动轨迹追踪等。

在原创视频里，我用自己乐队的音乐做配乐，让作品显得活泼一点。刚一发布，立马就被“油管”屏蔽了。我的一些朋友是“油管”视频网站的话题主持人。我和他们一起努力让视频进入白名单。我感到很烦躁，也很疲惫。

我睡得很晚。对此，琳子很生气，说晚睡对身体不好。她说得没错。

4:00，我爬起来，想重新发布视频。才睡了几分钟，我又起床了。

我想尽我所能分享关于抗击疫情的信息，这事儿没办妥，我就睡不安稳。我的原创视频，是最近 25 年来音乐界首个能拯救生命的作品。最近几周，已有人听取了我的劝告，采取行动积极应对疫情。他们对我深表感谢。我还顾不上一一回答所有网友的提问。但他们的支持让我信心大增。虽然没睡着，但我精神抖擞。看到我的“抗疫日记”和自己的付出有所影响，我很高兴。“昨晚，有个 DJ 救了我的命”这种传说终于变成了现实。

机缘巧合之下，有几家出版社与我联系，希望能出版我的博客日记，或是将其改编成电影。要是以前接到这样的喜讯，我会兴奋不已。但今天，我很淡定。我不会趁乱牟利，但可以就势成长。对于那些正努力向上爬的人，我的忠告是：危机里蕴含着生机。

我一直忙活到昨晚，哦不，是 5:00。与“油管”人工智能内容筛查员斗智斗勇了数日，我现在已经“不知今夕是何夕”了。我像个羸弱又绝望的傻瓜，面对新冠病毒的威胁，“条件反射式”地以为，只要献出自己的一滴甘露，就足以滋润整个干涸的西方世界。我分享的视频有望促使决策者采取大规模防控行动或提醒某个家庭为家里的老人做好准备。如今，因为使用了自己乐队的音乐为视频配乐，违反了“油管”人工智能内容筛查机制，我的视频被列入了“黑名单”。“油管”人工智能内容筛查员就像是尊高高在上的神，不供上一磅肉，它绝不放行。一想到这一点，我就寝食难安。

我是不是产生了幻觉？也许吧！当人们罔顾常识夸夸其谈时，当政府发布的数据不实或过时时，任何一个头脑清醒、关注局势的人，只要认真努力，就可以挽救生命。我积极投身“抗疫”行列，虽然狂热，但没有发烧。我联系了几个在音乐界工作的朋友——多弗、密吉，请他们帮我“解封”视频。但进展很慢。新冠病毒正在吞噬人类的性命。

3 月 11 日，美国职业篮球联赛犹他爵士队中锋鲁迪·戈贝尔确诊新冠肺炎，成为美国体育界感染新冠肺炎的“第一人”。此前，戈贝尔在一次新闻发布会上开玩笑说自己得了新冠肺炎，还故意舔手，乱摸桌上的录音设备。结果，没过几个小时，这位全明星篮球运动员就确诊了。他确诊时，犹他爵士队正要上场对阵俄克拉荷马雷霆队。球场里，观众席满座，球员静待开赛。消息传来，比赛被临时取消。随后，戈贝尔的确诊触发了一系列疯狂的连锁反应：美国职业篮球联赛 2019 至 2020 赛季停摆；全部犹他爵士队队员和随行人员都接受了新冠病毒核酸检测。

我的老朋友约翰·阿奎维娃是北美家庭音乐的代表人物。他也感染了新冠肺炎。他公开说，在美国申请新冠病毒核酸检测很困难，检测能力不足危害巨大。

汤姆·汉克斯和妻子丽塔·威尔逊新冠病毒检测结果呈阳性。他正在澳大利亚拍摄一部关于猫王的电影。现在，汤姆·汉克斯真的被隔离了，这一回是在澳大利亚。是化妆师离他太近了，还是经纪人摸过他的咖啡杯？财富和名誉无法使你免受新冠病毒感染。自我隔离却可保你安全。

一位在加拿大温哥华拍摄电影的朋友被隔离了。片场里有个来自里弗代尔的演员确诊了新冠肺炎。拍摄工作中止。

世界卫生组织宣布，宠物狗与新冠病毒传播并无密切关联 。

世界卫生组织解放了狗狗。

琳子说，我再不动身，她就自己回娘家了。我在忙着将视频上传到百度网盘，这样我就可以把视频发给 iChongqing ，也可以发布在美国视频网站 Vimeo 和 Veoh，以及法国视频分享网站 Daily motion 上。希望通过这些渠道，将我的声音传播到西方网络世界。结果，不是网络不稳定，就是传送不成功，要不就是登录超时，白忙活一场。

我喝了壶浓咖啡，还是没有解决视频上传的问题。头一阵阵地疼。

琳子说，如果我想在家里工作，她可以自己回娘家，在那边过夜。已经快两个月没去琳子娘家了，我很想宝宝和家人。岳父母都老了，宝宝也长大了。此外，说实话，除非我不让琳子回来，否则今天她要是染上了新冠病毒，明天也会传染给我。就算是为了心安，我也不想固执己见，孤身在中国隔离。所以，这个险，必须要冒。我们只需尽可能做好防护，保证安全。在重庆，我们彼此信赖。

离开校门口时，警卫没戴手套，递给我们一张出门许可证。这张证可重复使用，经过了很多人的手，可能携带着数千个细菌，现阶段可能是病毒。这张证并不比纸币安全多少。

在重庆，我们彼此信赖，不那么谨小慎微了。

全世界的医生都说："为了你，我一直在奋斗。也请你为我，待在家里。"

下了车，我出示了自己的"健康通行码"。人工智能显示，我的公共卫生风险等级为绿色，未受感染，可以进入小区。这是 50 天以来，我们第一次回老丈人家。项佑的奶奶杨丽萍到门口来接我们。她连口罩都没戴，我很震惊。

在门口，项佑的奶奶拿着一瓶酒精喷雾，对我全身上下喷了 6 次，对我"消毒"。难道她儿子每天下班后，也要接受这样的消毒吗？

好吧，鉴于目前的疫情形势，我们还不能掉以轻心。但这是我家啊。

NBA 赛季停摆，曲棍球比赛也取消了。

美国终于宣布对欧洲全面禁航。等等，不，特朗普说错了，只是某些时段的部分航班禁航。新冠病毒全球大流行，美国一半劳动力入不敷出，而且即将失业。就在此时，特朗普总统计划在 4 月 1 日取消 70 万美国人领取食品券的资格。

一旦我不再胡思乱想，静享家庭时光，我的中国家庭，就显得格外可爱。我爱他们。

项佑手拿着几瓣橘子，喂我吃。这就是我们之间的爱。在重庆，我们彼此信任。

难道是因为我们觉得机器人比人类更安全，所以新冠病毒才来到我们身边，以促使我们加快拥抱机器人和人工智能的步伐?

晚餐很丰盛。项佑的奶奶用自己的筷子给我夹了块猪肉。这么做本意是好的。但我是个素食主义者，也不想自己的食物沾上别人的口水。谢天谢地！琳子替我把肉吃了。希望我们都没事儿。在重庆，我们彼此信任。

我相信，重庆的防护措施做得很足，我们受感染的几率很低。然而，我还是保持警惕。毕竟，即使是最“硬核”的预防措施，也存在漏洞。比如，我们的出入证可重复使用，但是没有消毒。如果疫情卷土重来，我可不想被卷入其中。

我终于成功地把原创视频传到了 Vimeo 网站上。不是 5GB 的高清版本，大小只有 400MB，有点模糊，但好歹发布成功了。我还在等“油管”允许我使用自己的音乐。人工智能也没有我们想象的那么聪明：嘿，说你呢，听见没?

琳子的小妹王晓云开始打喷嚏，没捂住口鼻。她在 3 米外，我在“有效射程”之内。她在打麻将，真希望她只是被胡椒粉呛到了而已。全家人都第一时间吸入了她喷出的气溶胶。我屏住呼吸，紧张得直搓手。飞天意面怪保佑！

我的头疼得厉害。今晚得睡个觉，否则我的头就要爆炸了。

项佑开着一辆炫酷的小卡车，在客厅里转来转去。玩具车一路转，一路颠。项佑坐在车里，像个说唱歌手似的，上下颠着身子。我跪着的时候，他把车开过来，把我撞倒了。我陪他一起玩。当看到卡车保险杠从我肩上碾过时，项佑很惊慌。我笑着推开车，给他鞠了一躬，然后回到沙发上工作。

全家人在屋里追着项佑玩了一个小时。我给老妈打电话聊天。她很好，外婆也很好。外婆的教友们见面不再握手了。但她的牌友们是个高风险群体——80 位老人坐在同一间屋子里，一起洗牌、

王凯使用触控笔来避免触摸公共屏幕

传牌。外婆打算不去教堂，也不去打牌了。我经常给外婆打电话，聊聊她年轻时的精彩故事。她给我讲了很多关于她娘家的故事。

无论是保持心理健康，还是组织家庭生活，都各有风险。有家庭固然很好，但是，有家庭也就意味着会有很多人一起吃饭、呼吸、咳嗽、打喷嚏和互相亲吻。如果 14 天后，我没受感染，我就会松一大口气。我觉得自己肯定没事儿。宁可冒险，也不要自己在家里，疑神疑鬼，孤苦一年。

面对疫情，人们的反应大相径庭。一个月前嘲笑过我的人，现在时常感到害怕。要退潮了，马上就能知道到底是谁在裸泳。宅在家里，保重身体，要么适应形势，要么病死。

琳子在客厅里给我理了发。剪得不错，我看起来很精神。大家都说，我看起来年轻了 10 岁。

嘿，王凯，你看起来状态不错，有啥保养秘诀?

去了趟全球大流行病服务台。

琳子在家里给王凯理发，效果不错

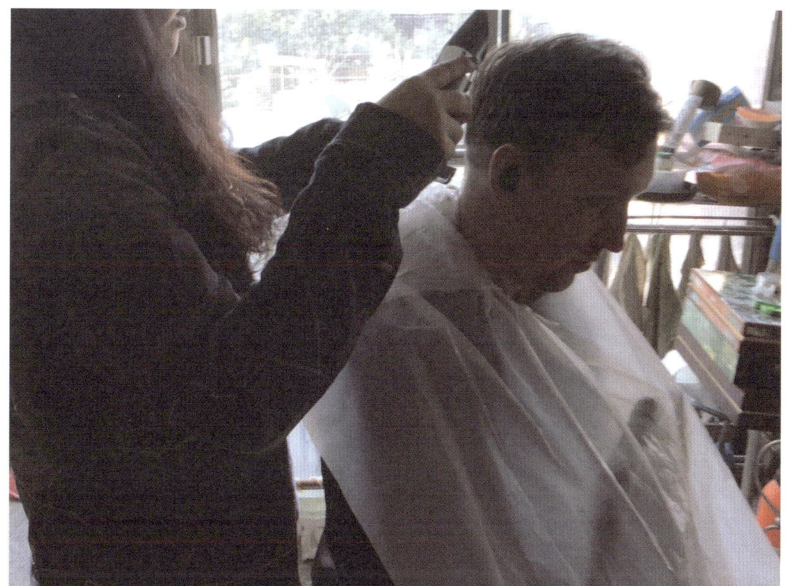

22:00 左右回到家，取了几个包裹，老练地拿出触控笔。

回家，消毒，看看电影，喝点红酒和啤酒，拥抱一下。放松的感觉真好。为了分享信息，我已经努力了一整天，一整周。

睡前，我又看了一遍视频。镜头拼接得很紧凑。售根者乐队那像世界末日来临般的低音，在当时算是很潮的音乐，如今也过时了。今天，我尽力做了自己能做的事情，感到心满意足。

我呼吸，把一切烦恼抛诸脑后。

我的身体放松了下来。

我已竭尽全力，通知和帮助决策者和民众。这么一想，我的内心获得了些许安宁。

虽然有诸多不如意，我还是睡着了，睡得很香。

第四章
精　通

适应过程

第 49 天。

“只要提前做足准备，事先演练过，人人都能勇敢直面危险，甚至能经受住艰难困苦的磨砺。反之，毫无准备之人，即使面对最微不足道的压力，也会惊慌失措。我们必须确保做好所有预案。”

——选自塞内加的《写给卢西利乌斯的信》第七章第三节

我醒来，发现被子被我踢掉了，床单也被我不安分的腿卷了起来，引起了琳子的不满。我悄悄地起床，把被子盖在她的肩上，然后蹑手蹑脚地走进厨房。

我的满腹牢骚已消失殆尽，取而代之的是一种紧迫感。我还有很多事情要做，但时间很紧迫。2020 年东京奥运会圣火在希腊采集成功。按照惯例，火炬随后会在全球各国传递，直至抵达东京为止。

日本政府至少花了十年时间来准备奥运会，累计投入资金达数十亿美元。这次圣火采集仪式只对 100 名人士开放，而非计划中的 12000 人。

3 月 17 日，美国职业篮球联赛（NBA）布鲁克林篮网队球员凯文·杜兰特坦言，其所效力的球队共有 4 名球员确诊了新冠肺炎，他就是其中之一。杜兰特说：“每个人都要小心，照顾好自己，做好隔离。我们定能渡过难关。”

否认是悲伤的第一阶段。

也许，你会听到有人说：“这只不过是流感。”还有人说：“每年流感致死人数更多。”诸如此类的话，你肯定听过。人人都听到过这样的话。就连专家也被请出来，在电视上发表类似的言论。我也经历过同样的否认阶段。只是，我的这个阶段很短。有那么几天，我仍希望能出门度假。所幸的是，某一天，我们就像其他中国人一样，开始宅在家里，不再外出。

我们起得很早。最近，我有点木。长期缺乏睡眠让我头痛不已，又累又难受。我感到茫然，觉得自己就像一只笨拙怪异的鼹鼠，只会吃东西，偶尔看电视，睡觉和锻炼身体。我整天埋头看新闻、上课、备灾，效率极低，感觉自己快被消耗殆尽，却无法自拔。我觉得自己正在练习与狼共舞。只有小心防护，保持平衡，我才能安然度过这段岁月。谢天谢地，我还有饭可吃，有咖啡可喝，有电可用，有好床可睡。

愤怒是悲伤的第二阶段。

也许在现实生活中，你的亲朋好友叫你不要再在社交媒体上提新冠肺炎，也不许再发相关新闻。也许，生气的不是他们，反而是你？

我认为，如果你搞不清楚事实真相，那么有问题的不是真相，而是你。人类是如此迟钝，终日浑浑噩噩。冰盖在融化，森林在燃烧，海洋正在变酸，大自然在痛苦呻吟。对此，很多人充耳不闻，绝口不提。这让我怒火中烧。我曾多次坦言，希望那些不采取行动保护地球的人统统离开地球，把家园留给那些懂得尊重地球、反哺地球的人。

最近，我快要被社交媒体上的“傻瓜”和“新冠白痴”给气疯了。他们说，不会让病毒左右他们的生活，所以他们照常度假，乘坐飞机，去看望祖母。他们说：“要是该我得新冠肺炎，那就得呗！”

这些话，两三周前听意大利人说过。如今，意大利的死亡率比中国的高。

世界卫生组织表示，意大利的新冠肺炎确诊病例持续增长，已经成为全球新“震中”。意大利人在拼命警告世界，不要重蹈其覆辙。

人类是奇怪的小猿猴。聪明，但不明智。

当群体健康取决于其短板的行动时，麻烦就大了。

我去“健身房”，练习踢腿 888 次。

雷迪奥希尔罗是我的兄弟，住在芝加哥。他是资深发烧音乐玩家，曾和我一起合作举办火人节音乐会。他主动提出，要助我一臂之力，和我一起检查博客页面，编辑、精简、润色，让行文更优美流畅。我们俩就像园丁一样，携手打理我的一亩三分地——整地、除草、间苗，让我的庄稼得以开花。

一些国家正在加强边境安检措施，希望能减缓新冠肺炎疫情的蔓延。沙特阿拉伯规定，核酸检测结果呈阴性才能入境。罗马尼亚、蒙古和俄罗斯都立即采取了严格的入境管控。显而易见，旅行限制和疫情严重程度有关联（尽管世界卫生组织和西方公共卫生工作者都曾这么说过）。

爱尔兰政府坚决采取“部分封城”的防控措施，巧妙地在全国范围内推行居家隔离，学校也停课。这种先发制人的“部分封城”措施，让爱尔兰人备感心安。他们主动出击，不会坐以待毙。

在中国和韩国，错峰上班，是减少交通压力的有效措施。从逻辑上讲，世界各国也应效仿。

今天，对意大利而言，是个大日子。坏消息是，意大利单日新增确诊病例创下历史新高。罗马所有的天主教堂暂时关闭。所有公众集会被取消。米兰股市暴跌，出现了史上最大单日跌幅。意大利卫生部门呼吁欧洲成立专门机构，统一管理医疗防护设备和用品的采购、协调和部署。

好消息是，在意大利伦巴第北部地区首批“封城”的 10 个城镇，今日没有新增确诊病例。这表明“硬核”非药物干预（NPI）措施，如保持社交距离和居家隔离等，正在起作用。意大利卫生部长说：“这才是战胜病毒的王道。”

在西班牙马德里，一家医院集中收治了100名新冠病毒感染者。在医院大门外，还有1063名新增病例等待收治。医务人员在紧张奋战。他们相信，与意大利相比，西班牙的疫情发展态势只有一周的时间差。在这场战“疫”中，他们希望夺取主动权，仓促行动也比坐以待毙强。未经任何培训，他们就第一时间投身这场史无前例、充满未知的战“疫”中。

各行各业都缺个人防护设备。一线医务工作者的职业暴露风险很高。纽约市宣布进入紧急状态。军队部署到位。曼哈顿的街道空无一人，十分诡异。国民警卫队沿着空荡荡的街道巡逻，令人心生不安。百老汇也要停摆一个月。

迪士尼乐园也关张了。看来快速找到解决方案，让一切回归正轨，似乎希望渺茫。至少目前，我们生活在一个新世界、新范式、新常态中。

讨价还价，是悲伤的第三个阶段。

你懂的……当宇宙屏住呼吸时，当机会与理智并存的灰色地带出现时，当前景未明时，当人们试图与命运讨价还价时……“如果我每晚睡8个小时，至少每三天吃一次维生素，我就没事了……”我曾在这条精巧的机会主义小巷里徘徊了很长时间……“如果我能以适当的方式，用合适的语言，向亲朋好友发出警告，他们就会积极做好充分的准备……”“如果我储备足够的水、汽油、滤芯和口罩，无论发生什么，我都能应对。”

事实上，我们从来就不曾准备好过，真的……但只能接受现实，才能消除对天意的恐惧。琳子对美国的惨象感到震惊……她惊呼道：“美国可是个富裕的国家！”看起来，大多数人都负担不起隔离的开销。所以，当我看到勇敢的政治领袖，是的，我说的是美国总统竞选人——伯尼·桑德斯叔叔和那些心怀激进梦想的年轻人一起，与权势集团苦苦抗争，试图为全民提供医疗服务和医疗保险时，我十分惊讶。紧接着，我们看到，新冠疫情这个无形的落锤，砸破了保守的思想体系，使大多数人转向了社会主义。疫情当前，在重症监护室住三个星期要花 100 万美元，大多数人都负担不起这笔费用。

据英国广播公司报道，新冠病毒可以在公共场合的表面存活长达 72 小时。但对 22 个确诊病例的深入元分析研究表明，病毒的存活时间长达 9 天。嗯，第二个数据更靠谱……被低估的保守确诊病例数字，虚构出脱离实际的画面，使人们错估了事态的严重性，没能做好准备。美国专家说，股市暴跌的速度是史上最快……他们说，甚至比 1929 年大萧条时期跌得还要快。他们预测，将出现全球性经济大萧条，严重程度堪比百年前的大萧条，甚至更糟。

恐惧和焦虑是悲伤的第四个阶段。

在最后一分钟的恐慌购物潮中，我看到了人们的恐惧和焦虑。几周前，这些人看到我适当囤积了一些保质期较长的食品，还笑话我。如今，他们到处瞎跑，嚷嚷着“都完蛋了”，神经质地跑到超市，抢购厕纸，荒唐至极。

有时，我会陷入悲伤、焦虑和恐慌……大多数人怀有正常化偏见，沉迷于物质享受。想要让他们相信“天要塌下来了”，似乎是不可能的。

有时，当我身处低谷，凝视深渊的时候，我会想，难道无知是福?

在疫情来临之前，让人们随心所欲地过自己想过的生活，会更好些吗?

加拿大终于传来了好消息！加拿大政府开始重视疫情防控。参与人数超过 250 人的公共活动一律被取消。政府正在封锁边境。

任何从他国（包括美国）返回加拿大的人都得自我隔离 14 天。如此一来，加拿大有望避免新冠肺炎病例呈几何式增长。在加拿大安大略省和阿尔伯塔省，首次出现儿童确诊病例。谢天谢地，大多数儿童确诊病例症状较轻。安大略省宣布学校停课两周，或延长 3 月假期。这项措施事关 200 万名学生。得知假期延长至 4 月份后，家长们纷纷另做安排。

接受是悲伤的最后阶段。

这是个好的开始。我们开始接受所有可能出现的情况，努力争取最好的结局。这也是我想要停留的阶段——一个寒冷而宁静的处所。在漫漫长夜，我凝视深渊，推演着每一种可能出现的结局。无论发生什么，都是必然会发生的事情。无论是哪一种结局，都没有关系，我们就在这里，不躲不闪，静观其变。老天爷只会赋予人们与之能力匹配的重担。如果被压垮了，那就是天意。

爱德华王子岛的一家酿酒厂开始生产洗手液。几天前，纽约州也采取了同样的行动。人们团结起来了。

那么，我们该如何备灾？削减开支，做好将要过紧日子的心理准备，提高适应能力，随机应变。向祖父母请教，了解当年他们的祖父母是如何平安度过西班牙流感大流行时期，记下要点。有人说，他们没有口罩，到处都买不到。我分享了一些视频，我们的阿姨用婴儿尿布、卫生巾、橡胶绳，自己动手做口罩。只要能吸附水分，阻挡呼吸液滴，任何材料都可以用来做口罩。任何人都可以用任何材料自己动手做口罩。

事实证明，口罩能阻断病毒传播。

请你尽力而为。

许多人在五金店和各种奇怪的地方买到了重型防护面罩。让我们敦促特鲁多总理征用一家工厂生产口罩。以前也这么干过。

我的日记发表在 iChongqing 上，他们想推广这本日记。

澳大利亚内政部部长彼得·杜顿认为，他是在访美期间感染了新冠肺炎。那期间，他会见了伊万卡·特朗普、美国司法部部长比尔·巴尔、白宫高级顾问凯莉安·康威和白宫国内政策委员会主任乔·格罗根。

推特是个很有意思的地方。我没有收到美国总统唐纳德·特朗普或美国公共卫生服务局的回信，却收到了泰舒茶公司和RZA的回复。2020年首个白金模仿女王弗洛拉·弗娜告诉我，她还没有做好上“油管”的准备。我们都很想见她。当初弗洛拉·弗娜得知武汉“封城”，自己暂时出不去的时候，第一反应是极度恐慌。这种恐慌，是我们每个人都会经历的。

我想起了艾莉西娅，当初我们建议她回意大利。她蛰伏在意大利北部的隔离区。意大利疫情形势很严峻，令人担忧。医院人满为患，医护人员不堪重负，纷纷病倒。“该救谁不救谁”这种生死抉择，更是给医护人员造成了心理压力。疫情结束后，希望能在重庆再见到艾莉西娅。

我已与一位加拿大议员和一位澳大利亚市长取得了联系，向他们提供准确的实时数据，希望他们能向公众宣传防疫政策，以保护人民。很开心能有这种机会。所以，我又起草了一封信，打算发给更多有影响力的人。

毫无疑问，西方许多公共政策制定者不清楚这场疫情的严重后果，不知道它会如何威胁公共卫生、经济和社会。

我们得共同努力，使疫情曲线变平。如果各市政府能下令要求新来的人员居家隔离，禁止人员流动，支援医院，重新安排非必要手术，腾出更多病床，就能挽救更多患者的生命。

我们播放美国乡村音乐创作歌手约翰尼·卡什的精选专辑，烤菠萝派。卡什在歌词中曾提过其母亲做的菠萝派，十分有名。歌中唱道：“我听吹哨声，看看自己是否还有感觉。我守着菠萝派，只有它才是客观存在。如果烤焦了，我会哭啊，哭啊，哭啊。”

已经很晚了，还有几分钟到24:00，琳子想吃口菠萝派。吃的时候，她笑得比蜜饯还甜。吃完后，却因为摄入了太多黄油而胃疼得直哼哼，我很担心，却不知道该怎么办。

3月14日 星期六 2020

长夜漫漫

第50天。我不是美国诗人罗伯特·弗罗斯特，我的初稿无法望其项背。即使是罗伯特·弗罗斯特本人的初稿也无法与其成稿相提并论。起床后，我很沮丧，整个人木木的。现在是上午9点。从10点开始，我要教6个小时的网课。我将咖啡豆研碎，煮开水，用法压壶渗滤，等待。今天，我不想听新闻。

来点花生酱和腌黄瓜三明治？我已经吃过了。

我教了两个小时的课。生命如流水，滴答滴答，一去不复返，一如身患梅毒的小提琴手悔恨的泪水。我又喝了点咖啡，和老爸在线玩了一局曲棍球游戏，紧张刺激。我们吃了些面条，歇了会儿，开始上下一节课。今天我不想做笔记。最近一周，我每晚睡眠不足。过去的50天，我总是忧心忡忡，担心地球人的生命安全。我怕自己不够努力，无法拯救他们的生命。这一切，对于我来说太沉重了，我扛不动，也走不动了。

琳子对我很恼火，我心怀天下，却忽视了我们的小家庭。这对她不公平。我试图拯救全世界，但我累了。我需要早点休息。

我把头枕在手上，什么都不做。我洗了把脸，闭上眼睛，然后转头凝视窗外，树叶在风中摇曳。我想起了之前给老朋友美杜莎写的送别诗：

我是一片叶子，
你是一阵风，
你一吹，
我就来。

我笑了。我很快就会来。她说到做到。

我低下头，小憩了几分钟。头上的“紧箍圈”松快了点，头没那么疼了。

上完最后一节课，已是20:30。我今天啥也不想写。太阳落山时，带走了最后一丝暖意。重庆的春夜，寒气逼人。我关上窗户，开了两罐啤酒。我和琳子一起看电影，享受美好的夜晚时光。最近，我兼顾的事情太多，却忽视了我们的小家庭——这才是我生命中最重要的东西啊。我就像个转盘子的杂耍艺人，竿头上顶了太多盘子，却不小心摔碎了最重要的盘子，碎片散落一地，无处可寻。

有时候，我会对即将发生的事情感到惶恐。我想早点退场，专心过自己的小日子，低调地努力前行。我们严格遵守重庆和中国的防控措施。如果这些措施是正确的话，历经了50天的居家隔离，目睹确诊病例涨至8万例后，我们离步入生活的正轨不远了。如果坚持执行所有入境者一律隔离14天的措施，我们很快就能摘下口罩，去电影院看电影了。

但是，我一半的根在加拿大。面对疫情，加拿大政府的响应出奇地迟钝、冷漠。这让我很抓狂。当一场瘟疫在我的祖国肆虐横行时，我的生活怎能恢复正常呢？

深夜，经常有来自世界各地的网友给我留言。他们睡不着，神经紧张，越来越恐慌。他们问我，现在能做什么，该去哪里。我告诉他们事实，并与那些感到愤怒、恐惧、拒绝接受现实的人唇枪舌剑。我把自己搞得越累，就越没有力气回答这些问题。

有些人问，失业了，房租却还在上涨，自己还不上贷款怎么办？

我能说什么呢？当疫情造成的牺牲和损失真正来临时，社交媒体上的人得有多绝望？真是难以想象。我宁愿激流勇退，也不愿惨淡收场，与人一一道别。

我燃尽自己的全部能量，点亮了一枚信号灯。我知道，我的视频、音乐和帖子，会永远具有生命力。

现在，我想退隐山林，在相对安全的角落等待暴风雨的到来。难道不行吗？

但这是懦夫的行为，就算死了，也轻如鸿毛。我躺在床上，苦苦思索，直到天明。我推演了所有可能会出现的情形，看看哪一种能让我心安。无论出现哪一种情况，都会很艰难，但有些还能承受。

当下，新冠肺炎全球大流行。我算哪根葱？能做什么？我不过是一个刚从中国抗击疫情的沼泽中爬出来的家伙，站在山顶，想要拯救山下的人。

长夜漫漫，夜色深邃，星星之火，可以燎原。

意大利罗马喷泉上的铜雕哭脸仿佛在为新冠肺炎疫情的受难者哭泣

2020 3月15日 星期日

盲目的信仰

第 51 天。任何人都可以跟着节拍起舞。但精神崩溃时，只有有勇气的人才能活下去。英国创作歌手乔治·迈克尔的歌里唱道，做人得有信仰。但真正的信仰是盲目的：无需任何理由，无条件地相信某人或某物。勇气是没法教的，而是展现出来的。人类是适应性很强的生物。在瞬息万变的商业社会中，人学会了在变化中适应，在变化中成长。2020 年，有勇气的，智商、情商和适商高的人，将笑到最后。

有些人适商极低。3 月 14 日，NBA 底特律活塞队前锋克里斯蒂安·伍德的新冠病毒检测结果呈阳性。3 月 8 日的那场比赛结束后没几天，伍德出现了类似流感的症状，但仍带病迎战费城 76 人队。

奥地利大公卡尔·冯·哈布斯堡成为全球首位感染新冠病毒的皇室成员。

达什和卢莫通过网络联系上了我。大疫当前，收到他们的信息，我很高兴。达什住在加拿大育空地区北部的一座小木屋里，用电靠太阳能，用水从井里打。达什终日捕鱼、打猎，这简直就是我梦想中的生活。卢莫住在澳大利亚堪培拉，亲历了山火、火焰龙卷风、蝙蝠龙卷风和新冠疫情大流行，灾难不断。最近，我们都很忙。但我们都是笃定前行的勇士，先人一步，搞定一切。达什正在鼓捣在线音乐会，制作售根者乐队的新专辑，主要是关于如何注意卫生、洗手、防护装备、备灾提示的内容。一旦这本书出版了，我就立马加入他的行列。

梦想是一个毛茸茸的东西，龇牙咧嘴，长着一条扁扁的大尾巴。有时候，它捶击地面，又快又狠。有时候，它遁走远方，消失在你的视线之外。运气好的话，它会火力全开，又撕又咬地扫清你人生道路上的一切障碍，带你去向往的地方。哦，不，等等，会这么干的是海狸。哦，加拿大。

有位老朋友说，在应对新冠疫情这件事上，我就像个“先驱”，他会永远记住我所发挥的作用。我觉得这个昵称很贴切。另一个朋友直接给我发信息，问是否需要囤点货以防“封国”。我告诉他，囤货备灾这件事，我已经大声疾呼了 50 多天了。在这个问题上，我的立场是很坚定的。另一位旧日挚友告诉我，看了我的博客后，她 74 岁的母亲赶在局势失控之前囤购了点补给，非常有用。当虚伪的文明外衣被撕烂时，当资本主义这只愤怒的野兽被骚乱激怒时，我相信，小小的善意将照亮我们前行的道路，引领我们度过这黑暗的漫漫长夜。

曾经主演《雷神》等电影的英国演员伊德里斯·厄尔巴感染了新冠肺炎。他在社交媒体上对粉丝说：“疫情可不是闹着玩儿的。现在，我们真的要保持社交距离、勤洗手。此外，还有一些无症状感染者，也能传播病毒。这是真的。”

3 月初，美国影视演员马修·布罗德里克的妹妹珍妮特·布罗德里克确诊了新冠肺炎。但几天后，也就是 3 月 14 日，马修说：“珍妮特正在康复中。”珍妮特·布罗德里克是贝弗利山圣公会的教长，可能在肯塔基州的一次宗教会议上感染了新冠病毒。人生苦短。如果不离别人两米远，你就有可能会染上新冠病毒。

起床后，我喝了一大杯浓咖啡，和老爸玩曲棍球。与昨天不同，我以 10：0 横扫老爸。下午 1 点至 3 点，我上了一节课。课间休息，一边玩游戏《怒火橄榄球》，一边单耳听 RZA 的冥想说唱，背景音乐深邃而低沉。我的思想在奔腾，一边按部就班地过日子，一边不停地给有影响力的人发关于疫情的图表和数字，以期影响他们的决策和行动。这种撕裂的生活状态，有时候会让我抓狂。集中精力，做好两件事：玩点音乐，把课上好。歇了一会儿后，我又上了一节课，课后出去取快递。（终于收到清洁用品了！还有一大堆厕纸。）顺便问一下，为什么在灾难来临时，西方人要囤够一年的厕纸呢？难道他们认为世界末日来临之时，他们会坐在马桶上拉整整两个星期的肚子吗？居家隔离期间，倒是可以好好泡泡澡。

戴维·迈尔眨了眨眼，点头说道：“如果少了 u，r，a，q，t 这几个字母，就不能拼成“隔离”（quarantine）这个词。”

我给学生读故事《哈梅林的吹笛手》。到处都是老鼠。没有人知道，该怎么对付这些老鼠。街上有老鼠，床上有老鼠，大厅里有老鼠，老鼠到处乱啃……嗯，逮着啥啃啥，不能吃的东西也乱啃。民众去找市长。市长家也有老鼠。老鼠泛滥成灾，权贵富豪也不能幸免。有一天，有位年轻的外地人来求见市长。他是个吹笛手，毛遂自荐，说可以把老鼠赶走。他走在街上，吹起奇特的曲子。听到曲子，老鼠放下了口中的东西。一只老鼠跟在吹笛手后面走，接着又是另一只，直到所有的老鼠都跟着吹笛手往外走。吹笛手把老鼠引到河里。老鼠都被淹死了。市长不肯给予吹笛手应得的奖赏。吹笛手又吹了首曲子，全村的孩子都停止玩耍，跟着吹笛手走了。无论哈梅林市民怎样大声呼喊，孩子们都没有停下步伐，跟着吹笛手蹚过河，进了山，来到了一片神奇的土地。有个小男孩脚痛，掉队了。他回到村里，告诉悲痛的人们，孩子们永远也回不来了。市长只好去寻找丢失的孩子。他找了很多年，到现在还没找着。

朋友奥兰多说：“啊，我明白了。你妻子的名字大有深意。你不叫她的本名‘晓琳’，而是管她叫‘少琳’，就是意指‘少林’吧。她就像个少林师傅，教你中国文化，让你学会自律。”

我答道：“你要是敢告诉她，我给你好看。”

一年前，我很好奇，2020年会发生什么意想不到的事情。我曾用茶叶占卜，预测来年运程。根据国际上常用的Snellen视力表，如果你的视力为“20/20”（相当于对数视力表中的1.0），说明你视力正常，能看清楚远处地平线上的东西。2020年，我们是否都能拥有“20/20”的视力呢？是否能根据预兆，洞察未来？这种洞察力是衡量人的适商高低的标准，可以培养。专家预测，2030年将面临灾难性气候变化临界点。或许，经此一“疫”，人类会深受震撼，采取行动，避免2030年的气候灾难。2020年，只要我们改变生活方式，就能拯救地球。

人如何能更好地抵御寒冷、病毒和情感压力的侵袭？这个问题困扰了科学家多年。对此，绰号“冰人”的荷兰极限运动员威姆·霍夫认为他已找到了答案。霍夫因超常的抗冻能力而闻名于世。他曾创下冰下游泳最长时间的吉尼斯世界纪录，也曾赤脚在冰上完成了半程马拉松。我希望，随着疫情的发展，人类的群体适商将有所提高，能更好地应对变化。抗击疫情之路，必然障碍重重。然而，逆境会让我们变得更强大，更有能力克服困难。铲平一切挡路石，将之变成垫脚石。

今天，重庆连续20天没有本土新增确诊病例。城市正在复苏。最后20名确诊病例治愈出院。如果防控措施实施到位的话，重庆的“新冠危机”即将解除。

所有返渝人员一律隔离14天。

如果人人都遵守这一规定，我相信，重庆已足够安全。

我希望，其他城市能借鉴重庆的抗疫经验。

这是了不起的成就。如果民众信任地方政府机构，拿出诚意，在疫情没有结束之前，坚持居家隔离，也会取得同样的成绩。

无序状态压垮了人们本就紧张兮兮的神经，这一幕让我惶恐不已。疫情当前，作为高级生物的人类得给生活做减法。然而，大多数人似乎无力采取果断行动，也无法做出必要的选择。

汤姆·汉克斯确诊新冠肺炎已有两天，NBA 赛季暂停，特朗普封锁边境。这一连串事件惊醒了北美人，新冠肺炎疫情成了北美新闻焦点。尽管如此，普通民众还是接受不了 3 月休假计划被取消的现实，更没有做好经济受冲击、食药品供应不足的心理准备。人们抱怨，疫情给日常生活带来了史上最大的不便。他们没有意识到，这只不过是冰山一角罢了。餐馆服务员发牢骚说已经一个星期没挣到小费了。等下周餐馆都关门了，他们该怎么办？

新冠肺炎疫情将撼动西方社会的根基。

我并没有放弃希望。即使到了现阶段，我还在“招兵买马”，起草信件，呼吁加拿大和美国政府立即给工薪阶层发放补助，允许民众延迟交租和还贷。这些信件将由为民请命的朋友，递交给加拿大和美国的国会。

困难时期，有很多人像我们一样齐心协力，抱团取暖。

如果能解除部分压力点，人们就能找到生存之道，众志成城，渡过难关。在中国隔离 52 天，我颇有心得。我知道如何消毒防护用具、日用品和快递包裹；了解如何通过在线学习和冥想减轻压力；熟悉如何远程办公和寻求在线医疗服务；懂得如何增强自身适应能力。我打算把这些经验整理成生动的文章，放在谷歌文库里，帮助那些身处困境的人。每个人都可以用自己的方式服务社会。

但也有人怀疑、蔑视法治，反对隔离措施。意大利的监狱暴乱，正是这种心态的极端表现。因为探监时间受限，意大利监狱发生了暴乱，造成 6 人死亡，多人受伤。意大利“锁国”后，引发了大范围的骚乱。人们在街头焚烧床单，聚集在一起抗议政府使他们失去了自由。虽然意大利已决定举国隔离，而且“隔离”一词也源于意大利语，但此情此景，与“隔离”一词的真正含义，相去甚远。我担心，其他国家也会出现反对隔离的声音。西班牙已经加入了“隔离”的队伍，大范围关闭边境，禁止公众集会和呼吁民众居家隔离。法国紧随其后，卢浮宫闭馆、埃菲尔铁塔暂停对外开放，许多公众集会也被取消。不知道加拿大和美国政府会如何反应？难道在酝酿重大决定以待下周一发布？学校停课和居家办公的力度将会有多大？

最大的问题是，全球演艺行业和服务业如何应对新冠肺炎疫情的巨大冲击？这两个行业的从业人员大多是“月光族”。

为什么中国境外的新冠肺炎疫情蔓延得那么快？新冠病毒就像是个愤怒的纳米机器人，正飞向月球。

目前的疫情数字是：全球累计确诊病例174,604例。数据每天会更新好几次。

中国累计确诊病例80,880例。如果数字就此定格住，那该多好。

因为访问人数太多，我常用来查询数据的网站worldmeters.info瘫痪了。

环球音乐集团董事长兼首席执行官卢西恩·格兰奇的新冠病毒检测呈阳性，不得不住院接受治疗。他曾与音乐界的一些大腕共事。

2月29日，卢西恩以主宾身份出席了在美国加州棕榈泉国际酒店为其举办的60岁生日派对。在派对上，与他交谈的人有苹果公司首席执行官蒂姆·库克、苹果高级副总裁艾迪·库伊、资深音乐经理欧文·阿佐夫。

琳子的肩痛有所好转。我提醒她，不要因为不疼了，就不注意保养。去年入夏以来，她的肩痛就反复发作，现在好多了，希望她完全康复。

琳子收到了发小的消息：重庆要步入正轨了。3月17日，公交车和地铁将全部恢复运营。3月18日，所有市场重新开业，企事业单位全面复工。3月22日，所有特殊场所都对公众开放。25条高速公路、公路通车，机场和火车恢复运营。4月6日，初高中和大学开学。4 月 20 日，电影院营业，幼儿园和小学开学。对此，我的学校不置可否。

“有时候，人们说如果想要改变，我们就得进入战时状态。全球经济靠化石燃料驱动。人们把二氧化碳从地下挖出来，燃烧后又排放到大气中。”《纽约客》的特约撰稿人伊丽莎白·克尔伯特如是说。

这一天终于来了！大多数欧洲国家、加拿大和美国都行动起来了，要么已经宣布进入战时状态，要么即将宣布战时应急措施。作为一个在山顶上振臂疾呼了 52 天的人，我不得不说，是时候这么做了。

英国决定在经济崩溃之前，采取“群体免疫”的策略，让人群中有足够多的人对新冠病毒产生免疫力，从而使病毒无法在英国传播。这种做法，无异于送羊入虎口，引发了巨大争议。

这与世界卫生组织的倡议背道而驰。世界卫生组织呼吁世界各国和各国人民万众一心，居家隔离，使疫情曲线变平。这么做有望阻止疫情在一夜之间急剧蔓延，将病毒传播速度减缓至数月。为什么？为什么要将病毒传播的时间拉长？

之所以这样做是为了确保每一名危重新冠肺炎患者都能送医，都有生命支持设备可用，都能被医生照料救治。如此这般，病死率为 1% ～ 3%。如果感染人数在一夜之间激增，现有医疗体系将无法一次性收治所有患者。危重新冠肺炎患者要么在家里或大型方舱里等死，要么病死街头。这样一来，病死率可达 10% ～ 15%。这就是两者的区别。如果出现第二种情形，还会引发难以估量的骚乱和次生灾难，病死率会更高。

我们一直在说，要拯救数百万人的生命，这可不容忽视。

英国大约有 5000 台呼吸机。如果有 10 万人确诊新冠肺炎，按照 5% 的重症率计算，尚且够用。如果有 100 万人受感染，就得需要 50000 台呼吸器。英国政府已经要求全部工厂投入生产呼吸机和氧气压缩机。意大利正呼吁建立统一的欧洲医疗物资共享体系。如果不举全欧之力，支援疫情“震中”，这种体系就建立不起来。当初，中国举全国之力驰援武汉抗疫一线，大批援鄂人员和设备被调往武汉，才遏制住了病毒扩散。

如果我们没守住前线阵地，就会输掉这场战“疫”。每一个角落，每一个家庭，都将成为战场。

问问意大利就知道了。

在埃塞俄比亚这样的国家，每 1 万名居民仅配有 1 名医生。如果世界卫生组织不给这些国家的疫情“震中”提供快速有效的医疗支援，那里的疫情防控形势将变得更严峻，10% ～ 15% 危重症患者的生存几率会更低。

意大利和法国疫情形势严峻。越南社交名媛阮红娥（Nga Nguyen）在意大利和法国参加了几场时装秀后，新冠病毒检测呈阳性。得知检测结果后，她告诉《纽约时报》记者，途中自己“身体状态一直很好”。出席最后一个时装秀的几周后，阮红娥开始咳嗽并接受了检查。她妹妹也参加了时装秀，两人均感染了新冠病毒。得知自己确诊的消息后，阮红娥就通知了活动邀请方古驰和伊夫·圣罗兰。

纽约市累计确诊病例 400 例。百老汇已停摆，但安装了“得来速”式车内采样亭的六车道检测点已投入使用。纽约市每天检测 200 人次，很快有望达到每天 3000 多人次。要想接受核酸检测，需预约。如果符合检测条件，就在车里等着，和韩国“得来速”式检测亭类似。身着防护服的医护人员会走到车跟前，用咽拭子取样送检。两天后，电话通知检测结果。远程医疗方兴未艾。在某些西方国家，要想检测得走进老式诊所。在诊所里，约百名可能身染新冠病毒的人和可能没有染病的人集中挤在一起，简直就是个病毒工厂。

加拿大累计确诊新冠肺炎病例 145 例，是一周前的三倍。如果再不居家隔离，这个数字将呈几何指数式迅速攀升。据报道，如果不采取居家隔离，中国的确诊人数将是现在的68倍，感染人数将达数百万。

公共场合并非全都关闭。罗马教堂关门后，有位教皇愤然抗议，要求为礼拜者提供祈祷之所。于是，罗马部分教堂又重新开放。

又是新的一天——教学、娱乐、看书和狂喝咖啡。我刚得知家住加拿大东海岸的老朋友杰奎琳·麦克尼尔失踪了。她最后一次露面是两周前在多伦多皮尔逊机场。她姐姐说，杰奎琳要去找“阴险又有暴力倾向的前男友”处理点事情。如今，她下落不明。我们以前是很好的朋友。杰奎琳幽默风趣、善解人意、聪明灵动。她年纪轻轻，天生一副好嗓子，乐感很好。哦，杰奎琳，你在哪儿？感觉天都要塌下来了，有人管管吗？

我在网上订购了维生素 D_3，希望早日送达。

15:30—17:30 有堂网课。整个周末，我们都在线教学，不教书的时候我就写作，所以眼睛很酸痛。当学生在线看视频的时候，

按摩一下眼睛，以迎接接下来的工作

项佑伸手够天空

我们抓紧时间歇了会儿眼睛。琳子戴上了我的记忆棉睡眠眼罩，我则戴上充满未来感的热敷眼部按摩器。我一边在房间里摸索着走来走去，一边用手机说英语，给几个12岁的孩子上英语课。

这周我要签几份出书合同。一份是与加拿大的朋友签，我的日记不久后将在加拿大出版。另一份合同是与北京的出版社签的，本周交稿，一个月后在亚马逊上架。我的故事还在继续。隔离期间，如何打发时间，是很多人要面对的问题。如果我的隔离经验能给他们一点启发，也算功德一件。不睡了，必须要完成书稿。

听老妈说，在加拿大爱德华王子岛省，有些人居家隔离了一个下午就抓狂了。好吧，我都隔离50天了，依然过得很好。也许“家里蹲”也是门技术活儿，需要好好学习。

不知道要成为一名小说家是否需要具备与新病毒“正面交火”的能力。从理论上讲，在这方面，我符合条件。

下课后，我和琳子相安无事。我专心工作的样子，让琳子颇为赞许。课间，我们安静地待着，感受彼此的陪伴，歇了一会儿后就吃晚饭。自从吃了我做的超级黄油菠萝派后，琳子的胃一直难受。那可是约翰尼·卡什的妈妈最拿手的菠萝派。琳子煮面条吃，我做了杂烩意大利面，有花生酱、西蓝花、金枪鱼、芥末、橄榄和腌牛肉酱。味道很怪，但我喜欢。

我躺在床上看电影、放松、写作。归根结底，我们都要有盲目的信仰。

3月16日 星期一 2020

艰难的抉择

第 52 天。新冠病毒就像个隐形的外星人，悄悄地降临地球。但我们可以糊弄它们。听着，我知道该怎么做。宅在家里。

我们又要在线玩《龙与地下城》。无论有多忙，我都愿意挤出时间，和朋友一起共度一个游戏之夜——哪怕是在网上，肯定也会很刺激。

老妈说，爱德华王子岛省宣布进入紧急状态。虽然隔离措施已经实施了好几天，但爱德华王子岛首个病例是一名妇女，从加勒比游轮归来没有进行自我隔离，就去退伍军人事务部上班，过了几天才出现症状。现在，地方政府在追踪与其密切接触的人。追踪的范围仅限于出现症状的人，但总比什么都不做强。

孩子需要继续接受教育，爱德华王子岛省正在招标，寻求合适的在线教育服务商。地方政府还拨款为养老院购置平板电脑，这样老人就可以与家人保持联系，不会感到太孤单。

半数加拿大人，包括我继母的娘家人，跟没事儿似的，像往常一样工作。跟老爸聊天的时候，我很沮丧。我帮老爸做好了应对疫情的准备，让他在家办公，什么都替他想到了。但这么做又有什么意义呢？继母每天都得去她兄弟家照顾其母亲，将风险带回家。我希望继母能和我爸居家隔离。但继母那年逾 90 岁的老母亲，

王凯采购回家路上，经过刚恢复营业的花店

宁愿死在儿子家，也不愿搬来与女儿同住。

3月15日，曾在《007量子危机》中饰演“邦女郎”的女影星奥尔加·柯瑞兰克在社交媒体上证实，自己因确诊新冠肺炎而在家隔离。她说：“我病了有近一周了。主要症状是发烧和身体虚弱。大家保重，一定要认真应对疫情。”

在我看来，每个国家都在准备玩躲球游戏。你要么加入智者队，宅在家里，保重身体；要么加入愚者队，跟没事儿人似的，该干吗干吗。如果你不知道该站哪一队，你自然而然就成为愚者队队员。必须得做出艰难的抉择。如果有人不听劝，那你就离他们远点儿，以保护自己或脆弱的亲人。做人要善良，但也要相信自己。

从数据来看，不出一两个星期，美国的新冠肺炎确诊人数将超过意大利，不出三周，加拿大确诊人数将超过意大利。由于新冠病毒的潜伏期是 7 ～ 14 天，本周北美受感染人数将激增。所以，宅在家里，做个睡衣英雄吧！狂刷网飞影视剧。把病假、带薪假都休掉。这么做，你就能拯救生命。

29 岁的明星音乐制作人安德鲁 · 瓦特，染上新型冠状病毒后，情况不太好，插上了呼吸机。他在图片分享社交平台 Instagram 上写道："昨天，我的新冠病毒检测结果呈阳性。我想与你们分享我的住院经历，希望大家能认识到疫情的严重性。"他曾与美国说唱歌手卡迪 ·B、美国歌手波兹 · 马龙、英国摇滚歌手奥兹 · 奥斯朋等大腕儿合作过。瓦特说，3 月 6 日他感觉自己像是"被公共汽车撞了"一样，"好几天都下不了床，还发烧"。一开始，医生说他得了流感，后来被诊断为病毒性肺炎，但一直没有获准接受新冠病毒核酸检测。10 天后，核酸检测结果显示：阳性。他的病情恢复得极其缓慢。

有些人认为，疫情离自己还远着呢。这是他们对 2020 年的形势研判。听他们的话，你会重蹈意大利人的覆辙。我有种预感，今年各种贷款、租金和信用卡月度还款将被推迟和 / 或免除。让我们一起写请愿书，收集 100 万个签名，推动这个提议的落实。齐心协力，我们就可以实现这个目标，帮助弱势群体。

英国议会议员、卫生部部长纳丁 · 多里斯确认感染了新冠病毒。不幸的是，她 84 岁的母亲也被感染了。最近，多里斯曾与首相鲍里斯 · 约翰逊共同出席活动。她不知道自己是如何被感染的。3 月 15 日，她在推特上写道："经受了冠状病毒的折磨后，我向所有人保证，居家隔离七天，绝对不会出现厕纸用完的二次危机。"为什么会有人认为世界末日来临时厕纸是唯一的"刚需"？难道他们以为自己会没完没了地拉几个星期的肚子吗？

今天，我弹了会儿尤克里里。好久没坐下来好好享受音乐了。

本来，我是打算节食的，但最近需要操心的事情太多，我得适当多吃一点。以后在登录社交媒体前后，我都会冥想。世界纷乱如斯，我得保持冷静，努力成为闪闪发光的太阳。任何人都可以成为太阳。静下心来，给世界带来你想要的安宁。

还有四天，就要交稿了，不然来不及出版。人们仍在居家隔离，出书是将我的抗疫经验大规模传播出去的唯一途径。这本书可能会对社会产生影响。我相信，出书正是扩大影响的方法。

看来这周是睡不上好觉了。对不起，琳子。对不起，我的床。

我们今天去了趟人人乐超市购物。超市几乎正常如昔，很好。除了人人戴口罩，处处量体温，其他的已恢复正常。这就是新世界，新常态。

我和朋友密吉聊了一个多小时。他精力充沛，是我认识的最睿智的人之一。他的父母去摩洛哥旅行。一个月前，密吉就开始提醒二老，边境要关闭了，赶紧回来。气得他哥打电话冲着他直吼，叫他不要再吓唬老人了。不过，二老还是听了密吉的劝告，提前结束行程回国。入境前，密吉的父母察觉到了事态变化，戴上了口罩。密吉刚接二老回家。他哥计划带着双胞胎女儿去美国佛罗里达州的迪士尼乐园玩。临出发前，迪士尼乐园关门了。他哥沮丧万分，在电话里冲密吉发火，好像是小弟为了扰乱他的三月休假计划，故意造成新冠病毒全球大流行一样。

人若感染了核糖核酸病毒，就会变成生物反应器。新冠病毒潜伏期那么长，极易造成人际传播。而且每次传播，病毒都有变异的可能。新冠病毒简直是“病毒舞会女王”。

我们的“氯喹女王”能击败“病毒舞会女王”吗？别走开，稍后更精彩。

我打算在家里建立一个垂直水培系统，种植绿植。我网购的坎索牌“神奇自洁毛巾”终于到了。花了整整一年时间才寄达本地邮局。都这样了，他们还想收100多美元的税费。坎索，我看你是喝高了。

后来，神奇的是，坎索给我打了折，开了发票。不管怎样，总有一天我会收到这些毛巾。

加拿大民众期待政府采取大动作，应对疫情。特鲁多发表了长达 30 分钟的公开讲话，都是一些老生常谈，雷声大雨点小。即便如此，他的讲话大方向是对的。现在，我们得万众一心。

3 月 16 日，曾出演电影《忌日快乐》并在《冰雪奇缘 2》中为北乌卓人哈妮玛伦配音的 26 岁女星瑞秋 · 马休斯自曝确诊新冠肺炎。她在社交媒体 Instagram 上分享了自己患病以来出现的症状。她说，自己的病是从“喉咙痛、疲劳和头痛”开始的，第二天发展成“低烧”，接着就是“可怕的身体疼痛、呼吸急促、极度疲劳”“没有食欲”“剧烈干咳”。第三天，烧退了，头也不疼了，但肺“更加不舒服”。最后，症状变得“温和了一些”，肺部症状没有加重，但却失去了嗅觉和味觉。第五、六、七天，她“慢慢恢复，仍然呼吸困难、食欲不振、疲劳、味觉和嗅觉失灵，但总的来说还好”。

马休斯描述得很详细。正如医疗机构所说，失去嗅觉和味觉是感染新冠肺炎的重要指征。即使没有出现其他症状，一旦你的嗅觉和味觉失灵，你就得接受核酸检测。

看着欧洲人因为隔离闹得越来越凶，我很担心。现在正是需要考虑集体利益的时候。牺牲小我，成全大局，可能是个艰难的抉择。但孰轻孰重，一目了然。务必宅在家里。

正如报道所说，由于交通减少、工厂停工、航班停飞，全世界的碳排放也随之减少。也许，这种巨变足以促使 21 世纪的人类改变思维方式，做出技术调整，摆脱 19 世纪以来对煤炭和石油的依赖，转向可再生能源和可持续的生活方式。“阻力即是动力。铲平一切挡路石，将之变成垫脚石。”马库斯 · 奥雷里乌斯如是说。

随着疫情形势的持续向好，中国、韩国、新加坡和日本等国正渐渐复苏，重整旗鼓，民众走出家门，复工复市。然而，在欧洲和北美，疫情如野火般肆意蔓延。在意大利、西班牙、德国、美国、法国、瑞士、英国、荷兰、奥地利、比利时、挪威、瑞典和丹麦等国，新冠肺炎确诊病例激增。印尼、泰国、菲律宾、南非、印度、墨西哥、澳大利亚和马来西亚等其他国家极其谨慎，希望通过保持社交距离，避免疫情加剧。

今晚《龙与地下城》之约被取消了。因为我们的游戏高手詹姆斯正和朋友在重庆某个商场里下馆子呢！他们像正常人一样摘下口罩，吃汉堡包，喝啤酒。

为了证明自己没事儿，他还发了张照片给我们，说重庆复苏了。

3月17日 星期二 2020

实用乐观主义

第53天。我感受到了元气的变化。虽然只睡了几个小时，但我精力充沛，头脑清醒。这是怎么回事？今天会发生什么事？我趴在被窝里，查看电子邮件。五分钟前，我二伯——维克多·伍德医生——给我发了邮件。我蹑手蹑脚地起床洗脸。好好睡了几个小时后，昨天的茫然荡然无存。昨晚，我熬到凌晨3点，妻子气得冲我大声吼，求我上床睡觉。她威胁我说，如果再不关灯睡觉的话，她就离家出走，在黑夜里游荡。幸亏听了她的话，我感觉好极了。我烧了壶水，冲了包速溶咖啡。天还早，如果现磨咖啡豆，就会吵醒琳子。现在，先将就一下吧。

我悄悄溜进工作间，又看了一遍那封邮件。二伯给整个伍德家族群发了这封邮件。他紧急呼吁媒体号召所有加拿大人取消一切外出，就地避难。二伯是急诊科退休医生，人们对新冠肺炎的反应让他感到震惊。对于那些有远见的人而言，这种情形，就像站在拥挤的海滩上，眼看着海啸以慢动作席卷而来。你大声尖叫着寻找避难所。但每个人都笑着说，不就是一点水嘛，完全不成问题。二伯的公开信与我的观点极其相似，我就斗胆给他提了几点建议。虽然相隔半个地球，我们都不约而同地列举了相似的例子，表达了同样的关切。这就是以事实为准绳的妙处！

以下是他的信：

亲爱的《温哥华太阳报》：

我是一名退休的急诊科医生。加拿大人对新型冠状病毒的反应，让我感到震惊。

如果我是特鲁多总理，我会立即下令，除了医护人员、外出采购食物和领取处方的人员外，全国人民居家隔离两周。

违反此令者，立即逮捕、罚款和/或监禁。

居家隔离两周，能立马遏制这种狡猾而致命的病毒的快速传播。

两周后，迅速展开大范围的新冠病毒检测，对有症状的病人和密切接触者进行随访，以遏制病毒的进一步传播。

大多数人不了解新冠病毒传播的速度有多快！如果你今天走2英尺、明天走4英尺、后天走8英尺等，这么走30天，能走多远？答案是：能绕地球走8圈！

世界上还没有任何人曾接触过新冠病毒，因此也没有人有自然免疫力——这就是为什么当年北美大陆上出现天花时，土著人几乎被消灭殆尽。

我刚看了地方新闻，有三位年轻女士在温哥华白石镇接受采访。她们边走边聊，还吃着冰激凌，完全不注意保持社交距离。

我们每个人都有亲戚、朋友、同事在医疗行业工作。他/她可能是护士、医生、药剂师、医院保洁、医院餐厅厨师等。

人人居家隔离两周，就当是为了保护这些在医疗行业工作的亲友吧！

反之，如果你不居家隔离两周，你所认识的某个医护人员可能会因此病重或死亡，你也会因为内疚而饱受精神折磨。

他们就像是9·11事件中那些义无反顾、拯救他人的消防队员，都是凡人英雄！但是，他们的生命却被无比强大的敌人夺走了。

面对疫情，加拿大和世界各国政府采取的措施太少，行动太慢。过去两周的抗疫不力，造成了本周的被动局面。但未来两周我们所采取的行动，将决定4月份疫情形势的走向。如果任其发展，我们将成为下一个意大利。

如果在接下来的两周里，每个加拿大人都待在家里，狂刷网飞影视剧，放慢脚步，享受与亲人的相处时光，互相交流思想，思考什么是我们生命中最重要的东西，那么我们就能拯救数千条生命，节省数十亿美元，并使疫情曲线变平，避免医疗体系瘫痪。

我们得火速行动起来。如果不遏制病毒的传播，到4月中旬，医院将人满为患，不堪重负。人们会死在家中，无人收尸。这种景象，也曾出现在1918年的西班牙流感期间。那时，世界上三分之一的人口感染了H1N1病毒，死亡人数高达5000万。

正如美国卫生和社会福利部前部长迈克尔·莱维特所说：“在疾病全球大流行之前做任何事情都显得危言耸听。大流行开始后，做任何事情都显得不足。”

即刻起，人人居家隔离两周，并非难事。未来掌握在我们自己手里！

维克多·伍德医生，医学博士

维克多·伍德博士给加拿大总理贾斯廷·特鲁多公开信，呼吁保护加拿大人的生命安全

PM should order everyone to stay home, make arrests to enforce

VIC WOOD

A commentary by a retired emergency physician.

If I were Prime Minister Justin Trudeau, I would immediately order a nation-wide stay-at-home order for the next two weeks with specific exclusions (health-care workers, getting food, picking up prescriptions etc.).

Anyone violating this order would be arrested and fined and/or incarcerated.

This would immediately stop the exponential spread of this sneaky and deadly virus.

After two weeks I would implement widespread rapid testing and followup of symptomatic patients and contacts to control further spread.

It is generally under-appreciated how fast this virus spreads. It is like asking how far you would walk in the next 30 days if you took a two-foot step today, a four-foot step tomorrow, an eight-foot step on the third day, etc. The answer is eight times around the world!

Worldwide no one has been exposed to this virus previously and so there is no natural immunity. That is why, when small pox was introduced in North America, the Indigenous peoples were almost wiped out.

I just finished watching the local news where three young ladies were interviewed as they strolled along the sea-wall in White Rock engrossed in their conversations and eating their ice cream, but certainly not concerned with physical distancing.

All of us have relatives, friends, colleagues who work in health care — as nurses, doctors, pharmacists, cleaners, kitchen workers, etc. When each of us starts a two-week stay at home, do it for one of them.

The converse is that if you don't stay at home for the next two weeks you may be racked by guilt knowing that one of these health-care workers has become seriously ill or died because you did not stay at home. Think of each of them as one of the firefighters rushing to help others during 9/11 in acts of heroism, whose lives were snuffed out by something way bigger than could be imagined.

So many authorities in Canada and around the world have done too little too late. What we see this week is already baked into the cake from the last two weeks, but what we do in the next two weeks will affect our trajectory into April. If left unchecked, we will become the new Italy.

If every Canadian stayed home for the next two weeks to binge on Netflix and used this two-week period to slow down, enjoy and interact with our loved ones and reflect on what is most important in our lives, we could save thousands of lives, billions of dollars and flatten the curve to preserve our hospital systems.

We need to act fast. If we don't curb this, by mid-April, hospitals will be overrun. People will die in their homes and no one will pick them up, similar to the 1918 flu pandemic, where one third of the world's population became infected and 50 million died.

As Michael Leavitt, former U.S. Department of Health and Human Services secretary said, "Anything we do before a pandemic will seem alarmist. Everything after will seem insufficient."

Every Canadian has to stay home for two weeks starting immediately. Our future is up to each of us.

你们当中有些人从来没有经历过这些事情吧：百年不遇的病毒全球大流行、全球经济大萧条，还有一个罔顾科学家意见、表现得像文盲一样的戏精总统。

我们比想象中更坚韧。

别慌张。

在 1979 年上映的太空探险电影《黑洞》中，丹·霍兰德说：“以前，我们也曾遇到过困难，我们定能走出困境。”1979 年，正是我出生的那一年。

这句话，即使放在今天，也很合适。

在美国有线电视新闻网上，我听到有人说这场战“疫”“是一场马拉松，而不是短跑”云云。这不正是最近几周我反复强调的观点吗？听到有人在敲响警钟，我如释重负。看来，我可以松口气了。也许，他们的反应比我慢了十天半个月，但总算是踩对点了。全世界都开始认真对待新冠肺炎。为了抗击这个无形的敌人，打赢这场隐形的战争，统一的战时应急机制雏形初现。战场可能会一片狼藉，但我们定会打赢这场战“疫”。

断网了

最近，网络信号很不好，不是杂音就是接不通，我很难联系上家人。东西方之间的信息战，使沟通更不畅。

密吉神经紧张，身上很紧很疼。我把 RZA 的冥想曲发给他听。

“真美妙。”密吉说道。

为了工作，殚精竭虑，算个啥？为了交稿，我都打算破釜沉舟了。还好，也就奋战这几天。

午饭后，我喝了很多咖啡。北京的新世界出版社有意出版我的书。我、琳子、iChongqing 的同事、出版商，在线开了两个小时的会议。

我和琳子尽力互相理解，她也很支持我专心写作，以完成书稿。但我睡得越来越少，越来越忙，无心做任何与了解疫情和宣传防疫无关的事情。睡觉、吃饭或打扫卫生，对我来说很浪费时间。我想立马搞定所有事情，但琳子对我失去了耐心。

在加拿大出版我的日记，听起来不错。但我想尽快出书。我想说出我的故事，我的中国故事，告诉人们我们如何在这片土地上战胜了新冠病毒。这正是国际社会亟需知道的答案。这种抗疫经验，可以为他国复制。

也许我的日记能告诉人们如何更好地居家隔离。我们鲜有机会每天帮助那么多人。所以，我昼夜不息，加班加点，以完成书稿，尽早下印。5 月份，先出版电子书。不过，我会加把劲儿，让日记早日与读者见面。

我提了 10 个关于法律、策划、推广的问题。我们谈了两个小时。说出我的故事，是出版商的想法，也符合我们的需要，听上去不错。我要签约了，四天后交稿。这将是漫长的一周。

会议结束后，琳子就收拾行李，打算回娘家，好让我集中精力写作。她带上了自制蛋糕，期待回家陪陪项佑宝宝，和城市另一端的家人团聚。

智利“铜 3D”公司开发出了一款铜口罩，并将设计图纸向社会公开，助力抗击疫情！人们正团结一致，科技企业发挥技术优势加入战“疫”。有些搞笑的朋友把胸罩缝成口罩，分发给他们的朋友。

3 月 16 日，曾出演《权力的游戏》的明星克里斯托弗·海维尤声称，他染上了新型冠状病毒，正与家人在挪威隔离。在《权力的游戏》里，他被僵尸杀死，如今又染上了新冠病毒。“一旦易感人群染上新冠病毒，就会有生命危险。因此，我呼吁大家千万要小心；要洗手，与他人保持 1.5 米的距离，居家隔离，尽力遏制病毒传播。只要我们齐心协力，就能战胜病毒，缓解医院的负担。请照顾好彼此，保持距离，保持健康！”

杰返回美国后，一直很难过。他的妻儿在偏远的中国农村居家隔离，不想去美国和他团聚。他越来越挑剔，越来越消极，满肚子火气。之前，我跟他并不熟。在危难时刻，我向他伸出了援手，帮他买口罩，以保护他家人。我们俩也因此成了“战友”。希望杰早日与家人团聚。

中国的一项新研究结果表明，A 型血的人对新冠肺炎相对易感。相比之下，O 型血的人含有抗 A 抗体和抗 B 抗体，对新冠病毒相对不易感，感染风险较低。

另一项研究发现，SARS-CoV-2 棘突蛋白并不常见，与人类细胞受体结合的成功几率是其他蛋白的 10 ～ 20 倍。难怪新冠病毒在社区传播得如此快，简直就是来势汹汹。棘突蛋白的结构很独特，也非常重要，因为它们将被应用于生产疫苗。

忙到下午晚些时候，我下楼拿琳子给我点的 4 个外卖比萨，新手机膜和 4 大桶水也寄到了。为了应急备灾，我囤了几周的凉白开。

辣酱比萨

囤了大量矿泉水，王凯很开心

送水工复工了，我也就放心了。整整 72 升的矿泉水，我自己扛上楼，拖回家。

我给兄弟盖茨也发送了 RZA 的冥想嘻哈乐。我觉得，他需要这样的音乐。

果不其然，他很喜欢。耶和华保佑 RZA。

希望盖茨能将 RZA 的冥想嘻哈乐分享给更多人。他圈子里的演艺人员正在向特朗普政府和特鲁多政府申请补助。如今，聚会和活动都取消了，他们也就没有收入了。RZA 最近很火。他就像个到处飞来飞去的人工智能导师，指引人们走出迷雾。

琳子从家里打来电话。老丈人剪了头发，看起来有点显老。他笑眯眯地看着曾外孙项佑在腿上蹦跶。就在一年前，时年 78 岁的老丈人还徒手站在我们的厨房窗台上，给我们装排气扇。他教四个女儿学功夫，是我们家的英雄，最棒的厨师。是时候颐养天年了。我问他，是不是还整天打麻将。琳子笑了，说不是了。

当项佑看到屏幕里的我时，立马精神了起来，眼睛里充满好奇。他总是能看出来，我与家里其他人不一样。他很想知道，为什么我长得与众不同，这意味着什么。我知道，项佑长大后会成为很聪明的人。他们收拾东西，打算到市区散步，享受重庆最后的温暖春光。

丹麦的一项研究结果表明，一半住进重症监护室的新冠肺炎患者不到 50 岁。一位 37 岁的马拉松运动员，平日身体健壮，染病后却在重症监护室躺了近三周。意大利的一线医护人员说，在重症监护室里，许多平时健健康康的年轻患者，照样呼吸困难，症状并不比年长患者轻。

即使你正处 30 ～ 50 岁的年龄段，一旦受感染，出现类似流感症状后的一周左右，就会干咳和气短。此时，请务必求医，因为吸氧和其他医疗支持可以助你康复。如果你的病情较轻，无法获得及时救治，你可以自制“雾化器”——用毛巾敷在一碗热开水或姜茶上，深吸一口，有助于缓解早期的轻度呼吸道症状。这种办法，在患重感冒或流感时也管用。我不是医生，意见仅供参考，有病咨询医生。

由于疫情没有任何好转，今天好朋友密吉打算提前几天搬家。他压力山大。

密吉的未婚妻阿什莉是一线医护人员，正在救治三名新冠肺炎患者。他说，医院会每天调整防护级别，到底是采用三级防护还是二级防护，只能根据医院现有医疗储备而定。一个月前，我第一次提醒密吉疫情要来时，密吉就给未婚妻买了口罩和手套，如今派上用场了。密吉很聪明，是我认识的人中最睿智的人之一。他说，对于一线医护人员而言，最大的挑战是如何耐心接治病情处于不同阶段的各色患者。

有位十年前与我同台表演的朋友在社交媒体上问，哪里可以买到口罩。面对疫情，他的老母亲惶惶不可终日。他的朋友告诉他，电视上说口罩没用。他说，无论如何他都想给母亲买一个口罩，这样母亲外出时，会相对安心。我死也不明白，为什么西方媒体要花这么多精力忽悠民众，说口罩没用？下一步，他们会忽悠啥没用？鞋子？

当然，口罩并不能百分之百阻断病毒传播，但能降低你的染病风险。当多人同时暴露在病毒之中时，受感染者出现的症状不一。你做的任何有望减轻受感染程度的防护，将有助于削弱病毒对你免疫系统的攻击。当病毒从医用外科口罩的边缘钻进你的口鼻，当你的手摸了门把手上的半个指纹后又去擦脸，不小心将病毒抹进了嘴里，你就会接触到携带一个或些许病原体的微粒，此时，你的身体还有机会击退病毒。你体内的B细胞能产生大量抗体，如此一来，你的症状会比较轻微。如果你接触了大量的病毒，比如有人对着你咳嗽，将数万亿的病毒颗粒喷进你嘴里。那么，你嘴里就像含着个“珍珠港”，你的免疫系统还没来得及反应，就被攻陷了。这就是为什么一些年轻健康的医生和一线工作者受感染后会出现如此严重的并发症。

3月17日，曾出演《权力的游戏》和《狂欢命案》的影星因迪拉·瓦玛证实，她的新冠病毒检测结果呈阳性。瓦玛原计划与英国女演员埃米利娅·克拉克在伦敦西区共同出演《海鸥》。她在社交媒体Instagram公布了自己的健康状态。“受新冠疫情影响，我们及世界各地的许多影视作品都停拍了，真令人痛心。希望我们能早日复工。届时，希望大家（以及政府）多多支持我们。浴火重生。我卧床不起，很不舒服。保重，保持健康，善待身边的每一个人。”

吸烟和肥胖是最常见的共病症。当你就地隔离时，正是锻炼身体和戒烟的好时机。

在欧洲，1亿人正居家隔离。本周，预计欧洲、亚洲和美洲将有更多人被隔离。

目前，意大利、西班牙和法国处于“锁国”状态。在法国，民众若有急事要出门，得填表申请。杂货店里人山人海，都是来囤货备灾的人。

在阿根廷和加拿大，有些自觉居家隔离的人却遭到了嘲笑。那些嘲笑他人的人，目光短浅，自私自利。作为社会大家庭的一份子，他们不愿意为社会做贡献。他们认为，满足自己那些暂时的、不定的、往往是自私的欲望更重要。但在一些地区，如旧金山，已经进入战时状态。纽约市政府或加拿大政府也在考虑进入战时状态。

到了傍晚，我歇了会儿，换换脑子。我锻炼了一下身体，把文稿传到谷歌文库，和朋友斯蒂芬妮同时在线编辑。

加拿大总理特鲁多在渥太华的里多别墅前发表现场讲话，其家人在别墅里隔离。索菲·格雷戈尔·特鲁多的新冠肺炎病毒检测结果呈阳性。据说她的症状很轻微，但很不舒服。特鲁多没有出现任何症状。

他看起来很健康，承诺加拿大政府很快就会对民众提供实质性的援助。当前，加拿大餐馆关闭，聚会取消，演唱会停摆。

我和朋友聊天，她是位文身艺术家。她不知道接下来自己该干什么。我们希望政府尽快以发放现金、提供商贷、减免租金和还贷延期等方式给民众提供援助。

特朗普宣布了应对疫情的全面援助计划。像往常一样，他强调发展经济的重要性，但也愿意帮助人民。

我看了一场英国议会会议直播。在这前所未有的战时状态下，英国政府承诺将推出史上力度最大的优惠政策，帮扶企业，保障粮食供应和人民生命安全。

最近两个月来，我一直密切关注新冠肺炎疫情在世界各国的走向。但每当看到人类要共同面对的后果如此严重，各国之间的关联如此紧密时，我仍然觉得像在做梦一样。

我通宵达旦地赶稿子，连着好几天没睡觉，感觉身子骨快要散架了。我才40岁，骨头咔吧作响，鼠标手疼得不得了，全身都在抗议、呻吟和抱怨。我涂了很多虎牌止痛膏，稍微伸展休息一下。等忙完这一阵，我就好好睡觉放松一下。但现在使命未完，我不能抱怨，只能打起精神继续干。此刻的我激情澎湃，文思如泉涌。我相信，自己在做一件非常有意义的事情。身边的同伴也给予我积极的反馈和鼓励。能以眇眇之身，投身伟大事业，何其幸运！这么一想，我就像打了鸡血一样，不眠不休也无悔。我酷爱写作多年。文字就像空气一样，成为我生命中不可或缺的一部分。要想被人当回事儿，首先你得把自己当回事儿。要是20年前我就明白这个道理该有多好。也许我是一朵开得很慢的花。在自然界中，有些最美丽的草木鸟兽，就是需要很长的时间才能绽放、成长。

我招募了一个试读团队，对他们开放访问权限，广征意见，以完善我的作品。很幸运，我有这么多善良、有爱心、有能力的朋友。发出邀请后，我就慌了神。这种感觉就像邀请一帮人到自己乱糟糟的房子里做客一样。在他们来我的思维空间参观之前，我疯狂地整理手稿。

清晨，当黎明的第一缕曙光从厚重的窗帘缝钻进屋里时，我本打算歇一歇。但是，当我听着美国总统候选人伯尼·桑德斯在广播中呼吁政府大力支持工薪家庭时，我加了把劲儿，又干了两个小时。当面对经济损失时，或情感受挫时，或者陷入焦虑、恐惧、压抑时，我们得有所准备。我们得专心提高自己的抗压性。

医生和科学家说，给新冠肺炎患者用药时，不应用布洛芬，而应用泰诺。在一批科学家和资深医生的支持下，法国卫生部长奥利维尔·韦兰说，治疗新冠肺炎应使用对乙酰氨基酚，而不是布洛芬，因为这种药物可能会使疾病恶化，加重感染。有一名19岁的新冠肺炎患者，没有任何隐性疾病。在感染新冠病毒的早期，他服用了非甾体抗炎药后，病情加重。

几个小时后，世界卫生组织出来说“不，我们对此并不了解”，并提醒人们不要随意传播未经核实的信息。但疫情形势发展得太快了。关于新冠肺炎的研究，估计要持续数年。目前，我们既要关注疫情大势，也要注意各方面消息，相信直觉。

现在，我们需要培养自己的忍耐心、仁慈心和同情心。

在灾难或紧急情况下，人会焦虑、恐慌，甚至担忧自己的健康、家庭、财务状况。这些压力会打乱人的睡眠和饮食习惯，加重慢性疾病，使工作更难以开展。压力变大时，人们更易出现酗酒、吸毒、赌博等危险行为。

面对压力，孩子的反应与大人不同。他们会变得易怒爱哭，出现与其年龄不符的“退行行为”，如尿床、担心、悲伤、不讲卫生、养成坏习惯等。青少年可能表现出压力过大，或拒绝参加以前喜欢的活动。

密吉在社交媒体上发了个激情洋溢的帖子，呼吁大家居家隔离。他未婚妻接治的病人越来越多。他尽量不去想自己是否会受感染这个问题。大多数人在社交媒体上更新自己远程办公的状态，发布“居家隔离”的照片。但我的堂妹仍然要每天到岗，她很担心，想辞职。安德鲁说，光关心今天的疫情形势还不够。疫情暴发具有滞后效应。事实上，今日的风险取决于两周前人们的行为。他问：两周前，你在干吗？两周前，人们在欢笑、聚会、度假。因此，今天人们受感染的风险很高。人们现在采取的行动，将决定未来两周的疫情形势。是想像韩国一样控制住疫情，还是想变成下一个意大利——医院系统瘫痪，人间悲剧天天轮番上演？这正是今天加拿大人面临的选择。这是 2020 年 3 月假期的生存危机。

你应该和所爱的人聊一聊，再次确认他们的安危。适当的担忧很正常，但积极的心态可以增强身体免疫力。危机当前，互相通气，分享备灾心得，少听点负面新闻报道，少上社交媒体，是个不错的选择。保持规律的生活和运动。如果学校停课了，就做个时间表，规划好学习、娱乐和体育活动。做个好榜样：多运动，睡好，吃好，歇好。通过 Skype、微信、WhatsApp 和 Zoom 等应用，与亲朋好友保持联系。

做一名可以承受情感挫折的人。如果出现体乏、恐惧和内疚等情绪，要多加注意。多休息，留点时间给自己恢复和消化情绪。冥想和锻炼能使人身心健康。保持规律的生活。看看书、与亲人共度时光、演奏乐器等活动，既能自娱，又很治愈。如需帮助，你一定要向外寻求帮助，这一点很重要。

我联系上了一位加拿大的老朋友。今年夏天，他计划举家迁往美国华盛顿特别行政区。疫情的出现打乱了他们的计划。尽管他是海军军官，但他也不知道该去哪里给家人买些口罩。都这个时候了，我也无能为力。也许，他比我更清楚该去哪儿买口罩。他一直是个聪明人。我相信他定能买到口罩。

我知道，肯定也有人像我一样喜忧参半——虽然自己已从隔离中解脱出来，但所爱的人还处在水深火热中。自己终于“解封”，我松了一口气；但看到亲朋好友还在隔离，我又感到愧疚。为别人担惊受怕，是很自然的情绪。这段日子，压力山大，我需要时间来恢复。悲伤、沮丧和愤怒还会冒出来。不过，我都会努力让自己恢复平静，接受现实。

大约 7:30，我煮了点咖啡，吃个涂着四种辣酱和焦糖籽的比萨，给自己充充电，好再接再厉，完成书稿。

我收到了一条通知，杰诺娃·基蒂正在“油管”直播试读我的稿子。我赶紧打开直播窗口。镜头里，基蒂的房间十分昏暗，看上去像个东京的网吧。还是那个熟悉的房间，播放着冷峻深邃的混合乐和迪斯科。在线围观的人寥寥无几，我给她发送爱心和表情包。她说：“互动让一切变得更好。快来看看我怎么给文学作品润色！这可是隔离期间的作品！”她播放着自己的音乐，有一搭没一搭地跟我说话。在观众面前，我们直播网上编辑书稿。试读我的书时，她的音乐让人很放松。后来，我在网上给她点了麦当劳。她放下书稿，直播吃快餐。这就像在玩喂养游戏。我是一朵花，喂养着一支蜜蜂大军。

我们的保洁阿姨下周回来上班。她已经接受了核酸检测。我跟她说，来打扫卫生时，要戴上橡胶手套和口罩，我们也会如此。让第三方进入家里，风险还是很大，需要很大的勇气才能迈出这一大步。在重庆，我们彼此信赖。

我解开了一大坨乱七八糟的音频和电脑线团，都不知道我当年是怎么搞成这样的，居然任由它这么乱了好几年。

在艰难时刻，牢记4个M，能有助于我们战胜困难，能更久、更好和更稳地走出困境。

第一个M是正念。如果想学会立足当下，可以在吃饭、散步时用心观察自己的一呼一吸。把呼吸与感官联系起来，一呼一吸之间停顿。全神贯注，注意呼吸与感官的互动。每天冥想，进入超然状态：全身心地投入你热爱的事业。对我来说，RZA的冥想音乐是平息内心混乱、让我得以心平气和地面对纷繁世界的法宝。我经常在推特上感谢他送给我的这份礼物。

第二个M是运动。体育活动和锻炼有助于提高社交成功几率，增强体质。运动是治疗抑郁症的必要方法。运动、锻炼和动起来会有效改善人的心理健康，消解负面想法和情绪，增强自信心，感受自我的存在，甚至增强认知功能，改善睡眠。

第三个M是参与有意义的事情。我们应该有效利用时间，与外界保持联系，对他人的日常生活产生积极影响。我们可以通过技术联系全世界的人们，互相分享我们的奋斗、挑战和日常应急心得。分享备灾技巧和诀窍，是一种宣泄的方式。

最后一个M是掌握。人人都能踏上求知之旅。一生中，有几次机会能一连几周或几个月把全部时间都花在自己真正喜欢的某项技能上？只要付出足够的努力、具备一定的恒心，人人都可以在某个重点领域取得卓越成就，获得物质和精神的双重回报。熬

疫情发生之前，朋友聚在一起。如今，我们天各一方，彼此思念

过这段岁月，这条漫长的道路可能是你期盼已久的人生跳板，也可能是你生命中的一个转折点。

“解锁”某项技能时，与其将心思放在物质回报上，不如专注于内心的快乐。在你喜欢的领域，培养一样技能，做到最好。当你专注于感兴趣的东西时，每一个进步会给你带来喜悦和成就感。在这种超然状态下，你将砥砺前行，进一步提升自己的技艺。你会认识更多充满灵性的人，互相交流，彼此增益。你的创造力会被激发出来，创作出作品，给自己带来快乐、尊重和荣誉。人们通常认为，对于努力追求某项技能，如演奏乐器、学习绘画或写小说的人而言，每天专注地练习 4 小时就是上限了。然而，当你扩展身心张力，挖掘潜能，你的能力将呈几何指数增长。

在选择技能的时候，要考虑自己的兴趣和能力，扬长避短。今天，学习大师经验的机会，比以往任何时代都多。许多领域都没有门槛。只要适当用心、学习技能、专心投入，你也可以自学成才。

早上 8 点左右，我戴上了睡眠眼罩，倒头睡觉。

2020 3月18日 星期三

精通某项技能

第 54 天。上午 11:11 左右，我又醒来。这是我睡得最足的一次。幸亏琳子回娘家了。否则，我通宵达旦地写作，会把她逼疯的。

我把昨天琳子留下的胡萝卜和剩饭都热了，简单吃了顿午餐。我的贝塔试读员们，像流连于花丛的蜜蜂，在我的书稿里东飞飞，西转转，给它授粉，四下传播。我们就像花儿和蜜蜂，努力酿蜜。我的狗狗们不停地汪汪叫。我只好放下碗勺，把胡萝卜和米饭一股脑倒进狗狗的盘子里，给它们享用。啃完骨头后，狗狗们就趴在靠窗的垫子上晒太阳。金色的暖阳不经意地暗示它们，窗外更好玩儿。很快我就能带它们出去，呼吸新鲜空气，四处蹦跶。我能想象得出来，到时它们将会多兴奋。到时候，老奔奔又能摇着尾巴，欢蹦乱跳。黑球像年轻人一样绕着它转圈圈。

我拔下了一根白色的眉毛。

好友安晓勇坐公共汽车来我家。他一直都很勇敢。相形之下，我觉得自己有时候是否过于小心了：只会躲在校园的一栋高楼里，对着全世界大声疾呼。我穿上衣服，去校外与他会面。我试着把微型耳机夹在口罩中间，把喇叭别在腰带上，以放大我低沉的声音。安晓勇觉得我像个傻子。但是，多亏他给我送来了眼药水和维生素 D。最近，我的眼睛很干涩。回家就能滴眼药水了，想想都开心。

安晓勇是个勇敢的好朋友，给我送维生素和眼药水

我们一起在校外散步，晒晒太阳。经过面包店时，面包师给我们拍了几张照片。

安晓勇走了，我开始上社交媒体，刷国际新闻，与朋友聊天。我一边在屋里来回踱步，一边与朋友讨论世界上发生的搞笑事情。我狂笑不止，活像一个疯疯癫癫的老巫师。窗外，有几个人惊讶地抬起头，看着把身子探出窗外、像个疯子一样傻笑的外教。扰人清静，我有点内疚。压力山大，我快要崩溃了。希望琳子早日回来，我再不想过这种孤家寡人的日子了。

特鲁多发布了总额为 820 亿加币的经济援助计划，帮助下岗失业、没有收入、居无定所的加拿大人。部分演艺界人士也在救助范围内。特鲁多承诺给这些群体提供即时生效的失业保险。如果演艺界从业人员无法获得失业保险，将获得与失业保险差不多的福利。尽管如此，很多人并不知道这笔钱什么时候会下发。朋友们都很着急。谢天谢地，我老爸在家办公，老妈退休了。

不要再问我能否用HEPA家用空气净化器的滤芯自制口罩——当然可以。不过，如果你是合租的房子，空气净化器好好的，千万不要把滤芯拿出来用。当然，如果你有额外的滤芯，那就自己动手做口罩吧。

我歇了一会儿，给张镇然上了一个小时的网课。

美国政客中开始出现新冠肺炎感染者。美国佛罗里达州共和党议员马里奥·迪亚兹·巴拉特的办公室发布消息，巴拉特的新冠病毒检测结果呈阳性。他出现发烧、头疼等症状，不过现在有所好转。他呼吁大家要格外小心病毒。几小时后，来自犹他州的民主党议员本·亚当斯声称，其新冠病毒测试结果呈阳性。

有些国家疫情形势持续向好，有些国家疫情肆意蔓延，还有些地区情况不明，新冠病毒在悄然传播，疫情一触即发。它的触角伸到哪里，哪里陷入混乱。新冠病毒对社会的影响，是语言、思想和人类都无法企及的。美国和许多国家正陷入全民求医、污染减少、在家办公的社会运转模式，人们收入普遍降到最低。这就是2020年的世界运转新模式。在重庆，虽然我们已经击退了病毒，但必须保持警惕，继续执行严格的防控要求，核酸检测结果必须是阴性的人员才能复工。游客必须要有耐心，入境后必须自行隔离14天。总有一天，疫苗会问世。在此之前，我们要保持警惕，成为世界的灯塔。

以前，我们一直想要改变世界。然而，无论我们多么努力，都无济于事，令人沮丧不已。如今，整个世界都处在水深火热之中。我们的挫败感已退居二线。新冠病毒给人类社会造成了巨大的损失，人间惨不忍睹。然而，疫情就像烈火一样，可能会为独特的伟大事业扫清道路：均等的基本收入、绿色革命和人类齐心协力，进入“太空漫步”时代。

3月17日，曾演唱过《笑话在你身上》的美国歌手夏洛特·劳伦斯宣布她已经感染了新冠病毒。19岁的劳伦斯恳求粉丝认真对待这场全球大流行疾病。她说：“我们有能力减缓病毒的传播速度。所以，请你务必自我隔离。注意卫生。了解疫情形势变化。保持警觉，也提醒他人保持警觉。”

在世界各地，艺术家和设计师们正在尝试新的表演平台，通过广播节目、播客和动态娱乐等渠道与粉丝互动。

纽约时尚博主阿里尔·查纳斯的新型冠状病毒检测结果呈阳性。她说，女儿们没事，但丈夫“不舒服”。

我做了个金枪鱼三明治，放了很多大蒜和一点花生酱。切蔬菜沙拉丁的时候，蓝牙音箱刚好在播放节奏感极强、让人不禁随之起舞的赛博朋克混合工业音乐。我抛起刀子，在半空中抓住刀柄，跟随着节奏旋转刀柄，挥舞手臂。人总有一死。大疫当前，与其悲戚，不如跳舞。如果临死前不跳舞，那就不是我的风格。

我带狗狗出去遛弯儿，它们逮着啥闻啥。

凯带着狗狗在阳光下“散步”。

一开始，狗狗们小心翼翼的，但很快就撒起欢来。各种气味让它们想起曾经错过的种种美好。奔奔单腿靠在树上，好好闻了闻那棵树，才开始撒尿。我们给狗狗开了推特账号，也有人给它们点赞。我喊“过来”，它们就摇着尾巴，朝我跑来，兴奋地追逐、吠叫、玩耍。在狗狗眼里，除了我脸上多了个带气阀的面罩，其他一切很正常。

灿烂的阳光熨帖着我的肌肤，十分舒服。爱琴海的阳光，像个泡吧晚归的丈夫，心怀内疚，悄悄地溜进家门，有点醉了，但肚子里是暖暖的。一个小时后，我回家洗漱更衣，歇了会儿。

现在，新冠疫情已经席卷了全球182个国家。伟大的圣父在咆哮！再见，圣主耶稣——这是加拿大人对它的称呼！或者说，再见，飞天意面怪——这是我对主的称呼。

琳子来电话了，希望我今天好好的。她准备带项佑宝宝去市中心的解放碑逛逛，享受灿烂美丽的春光。阳光明媚，外面是20摄氏度。

在户外，项佑遇到了另一个小男孩，一起玩了会儿。在大人的帮助下，项佑第一次骑滑板车。很快他就会长大，不再需要大人的帮助。总有一天，他会变得人高马大，聪明能干。他的英文名叫“项伊森”，听起来像“看起来像个医生”。我知道，有一天他会有能力改变世界。三爷爷总是比别人知道得多一些。

有小道消息说，纽约市要全面“封城”。我敢打赌，西雅图会先“封城”，也许两个城市都会“封城”。特鲁多和特朗普同意关闭加美边境，这是两国史上首次关闭边境。加拿大终于采取行动了，我松了一口气。

我知道，工作没有高低贵贱之分，只有使命不同，生活方式不同。从拯救加拿大的行动中抽出身来，倒倒垃圾、洗洗脸，休息一下，未尝不可。惊慌失措，到处瞎跑，无济于事。有个朋友曾说，想要过快节奏的日子，结果她19岁就英年早逝。我都40岁了。

在这段日子里，与琳子一起，放慢脚步，对我们而言，是更好的生活方式。人总有一死，不如放慢脚步，像树懒一样生活。

尽管意大利人口仅为中国人口的5%，但公开数据显示，意大利的新冠肺炎累计死亡病例已超过了中国。是不是病毒发生了突变？还是中国想办法遏制了毒性更强的L型毒株？不过，意大利也传来了好消息。伦巴第北部地区第一批“封城”的城镇，通过采取保持社交距离、居家隔离等非药物干预措施，有效减缓了病毒的传播速度。时间会证明一切。

经过不懈的努力，我终于不再摸脸，咳嗽。打喷嚏时，也会用肘部捂住口鼻。最可贵的是，我还改掉了在衣服上擦手的坏习惯。不知道以后是否能坚持下去，但我已经吸取了教训。

今天，我们的继子黄绘锦和女朋友周俊池去了趟重庆来福士广场吃大餐。他们发来了墨西哥餐厅的菜单照片，令人垂涎欲滴。我们很快也要约起来！玉米卷、墨西哥煎饼、玉米片，哦，天哪！我需要买个更大的口罩。

有位美国朋友告诉我：据说下周一全民隔离，甚至还会设置防疫检查站。听到这个消息，我很高兴！他们终于认真对待疫情了。

在重庆解放碑，项佑和其他宝宝一起玩儿

琳子一家人带着项佑在重庆人民解放纪念碑广场玩。重庆人民解放纪念碑是胜利的象征

现在，加拿大有累计新冠肺炎确诊病例 1000 多例。数据显示，加拿大的疫情发展曲线，有重蹈美国、意大利覆辙的风险。已经发生的事情，无法改变。本周，如果我们待在家里，就可以遏制病毒的快速传播，有机会扭转疫情发展形势。

再不采取行动，加拿大就要成为下一个意大利了。不，我不是开玩笑。是真的，很快。所以，务必居家隔离。

我大姨夫蒂姆戴着口罩，在加拿大渥太华开了好几个星期的公交车，压力山大。现在，他决定半退休，待在家里，休息一下，保重身体。

3 月 18 日，波士顿凯尔特人队的球星马库斯·斯马特也感染了新冠病毒，成为又一名“中招”的 NBA 球员。他在推特上写道：“我没有任何症状，感觉很好。但我们国家的年轻一代，必须保持社交距离。这不是个玩笑。不保持社交距离，是自私的行为。我们齐心协力，定能战胜病毒。但这段时间，我们必须彼此保持距离，才能真正携手，战胜病毒。”

曾出演美剧《迷失》的韩裔美国演员丹尼尔·金的新冠病毒核酸检测结果呈阳性，他已经“准备好与病毒战斗”。3 月 19 日，金在 Instagram 上发布了一段 10 分钟的视频，详细介绍了自己的染病经历。51 岁的金认为，自己可能是在纽约市拍摄新剧时感染了病毒，最初的症状为喉咙发痒。金现在夏威夷的家中。他说：“虽然，今天我还没有 100% 康复，但估计快了。虽然我现在脸上挂着笑容，心态还算乐观，其实过去几天我一直卧病在床。所以，对于那些以为新冠病毒不算啥事儿还在外面浪的人，特别是青少年和千禧一代，请注意，这是真的。”

中国研制的一款新冠疫苗已开始一期临床试验，效果如何，有待观察，但未来可期。战“疫”故事仍在上演。如果我们能继续坚持“硬核”防控措施的话，这场风暴，将远离重庆。

朋友肖恩从加拿大回来了。现在，加拿大到处都关门了。他在中国开了家公司，得回来处理业务。他从多伦多飞到上海。入境后，机场人员把所有外国人的护照都装在一个袋子里，进行消毒。发还护照时，每个人都戴着口罩和护目镜，谁也不愿意摘下来，很难辨认谁是谁，如此一来，折腾了好几个小时。肖恩也因此错过了飞回重庆的航班。因为不能随意离开机场，所以肖恩只得在机场过夜。明天早上，他将返回重庆，居家隔离 14 天，才能返岗复工。

杰奎琳还是下落不明，但她的家人没有放弃希望，仍在寻找。

有些朋友开始着急了，哇哇乱叫，坐立不安。他们觉得已不堪重负，希望疫情形势不要再恶化。我不忍心告诉他们——长夜漫漫，处处险恶。黎明来临之前，形势会更严峻。但黎明终将来临，我们定会走出迷雾。朋友，上善若水，做人要像水一样。正如李小龙所说，水可以奔流，也可以涤垢。现在，如果我们能奔流，就能更好地走出困境。我也会请 RZA 当你的老师。他说，他在等你。斯多葛派哲学家告诉我，你的恐惧有多大，取决于自己的内心。我认为，这种小小的病毒不会再嚣张下去了。小心防护，但不要焦虑。

当琳子与项佑挥手告别时，我似乎能看到，在老丈人的屋顶花园里，开满了黄色的曼陀罗花，春色满园。花丛中，蜜蜂在嗡嗡叫、授粉、酿蜜。

几小时后——感觉就像才过了几分钟，琳子冲进家门，笑靥如花。我有点吃惊，也有点恍惚。琳子在娘家待了三天，让我专心写稿。时间飞逝。生活就像是一个动态的宇宙源文件，人类同时在线编辑。不过，有些人只有评论的权限。要想参与编辑，你得自己申请权限。

像其他人一样，我们戴着口罩，去最喜欢的小店吃面条。他们家的豌杂面、鹰嘴豆和调料很好吃。如果时间是一个闭环，一条莫比乌斯带，你的人生故事由你自己来书写。朋友，你可以放松一下，像水一样。无论是对待生活，还是对待婚姻，我都怀着同样的心态：不要抓得太紧。在这一点上，我算得上是个好丈夫。

3 月，重庆市成为新冠疫情低风险地区。重庆市政府副市长李波带头下馆子吃火锅，鼓励市民外出就餐

每一天，我都尽最大努力，抓住每一个机会。如果不成功，以后还有机会。这种心态，让我不至于迷失在恐惧、焦虑或各种“如果”中，尽我所能，活在当下。这一点如果适用于婚姻，也会适用于生活。全力以赴，背水一战。如果输了，没关系，以后还有机会。不要害怕。恐惧是心灵杀手。

我们打包了最爱吃的辣面条，去停车场吃。虽然生活恢复了正常，但我们仍要保持警惕。隔离期间，那儿是我们的“健身房”。在那里，我们可以俯视周边。面条吃起来满嘴都是家的味道。琳子跳起了 Salsa 舞，太阳亲吻着她的脸庞。我似乎听到和煦的春风说：“脱下你的夹克，在这儿待一会儿。”我完成了 1000 个踢腿。我们很高兴，微笑着俯瞰楼下来来往往、满怀欣喜的重庆人。我们跟项佑视频聊天，给他唱《生日快乐歌》。唱到一半，一声干咳突然打断了琳子空灵的歌声。

在楼下，一只猫在喵喵叫，城市熙熙攘攘。生活，总能找到出路。

附录一：重庆战“疫”时间轴

1 月 21 日，重庆市报告首例新冠肺炎确诊病例。

1 月 24 日中国农历春节除夕，中国人民解放军陆军军医大学派出一支 150 人的医疗队，从重庆出发前往武汉。

1 月 24 日，重庆启动突发公共卫生事件一级响应，这是最高级别的应急响应。

1 月 27 日,重庆市首批援鄂医疗队的 144 名医护人员抵达湖北。

1 月 29 日，重庆市住院治疗的新冠肺炎患者达 576 人。

2 月 26 日，重庆本地新增确诊病例为零。

2 月 28 日，重庆派出的 18 支援鄂医疗队共 1636 名成员（不包括军医）抵达湖北抗疫一线。

3 月 10 日，重庆市新型冠状病毒肺炎疫情防控工作领导小组宣布，将重庆市突发公共卫生事件一级响应调整为二级。截至 3 月 9 日 24:00，重庆市连续 14 天没有本土新增新型冠状病毒肺炎确诊病例。

3 月 15 日，重庆市最后 1 例新冠肺炎患者康复出院。本地累计治愈病例达 570 例。死亡病例 6 例。

3 月 18 日，重庆市第一支援鄂医疗队共 133 名医护人员，从湖北凯旋归来。重庆江北国际机场以“水门礼”迎接抗疫英雄的归来。

附录二：常见问题解答

问：我快疯了，你知道怎样才能让自己的心情平静下来吗？

答：知道。RZA冥想音乐。请广泛分享给有需要的人。也可以使用“冥想定时器”应用程序（Insight Timer app）或学习正念减压八周课程。

问：现在骑自行车安全吗？

答：我个人认为，骑自行车无需与他人共享空间，通风良好，比乘坐公共交通工具更安全。但要当心，别发生交通事故，毕竟开车的人习惯了霸占马路。现阶段，医院里挤满了新冠肺炎感染者。要格外小心，不要受伤，以免送医。

问：重庆真的安全了吗？是怎么做到的？

答：是的，至少我们的生活快要步入正轨了。许多国家都把抗击疫情称为处于战时状态、采取战时措施或处于类似战争的紧急状态。但我们的敌人是无形的，它利用人类来对付人类。新型冠状病毒看不见，传染性强，能致命。与新冠对峙，就如同与入侵的外星人对峙一样，距离是如此之近。也就是说，在这场隐形的战争中，我们可以智取，欺骗它，躲开它。如果我们集中精力，就可以制服它。我们居家隔离了 40 多天，全城 88% 的人压根儿不出门。如果你独自宅在家里，就不会被感染。我们和岳父母住在同一座城市，为了安全起见，我们甚至有 50 天没有回家。但我们每天都与他们视频聊天。

采取这些措施后，重庆市累计确诊新冠肺炎病例 579 例。重庆是个大城市，城区有 900 万常住人口，全市有 300 多万常住人口。当地政府密切追踪、隔离了数千名密切接触者，并对约 10 万人进行了 PCR 检测。

不幸的是，截至目前，重庆有 6 名新冠肺炎患者罹难。其余患者都已治愈出院。目前，重庆的在院新冠肺炎确诊病例已清零。

现在，疫苗还未上市，我们怎样才能阻止病毒传播呢？这是一场没有硝烟的战争，所以我们要严防死守。任何返渝人员一律接受 PCR 检测，并隔离 14 天。只有确认返渝人员没有携带病毒后，才能让其接近其他群众。当下，我们还不能放松警惕。为了确保安全，出门进入公共场合或人流较大的区域，乘坐公共汽车和地铁，都得戴上口罩，以避免交叉感染，遏制病毒传播。

采取这些方法，任何城市或国家都可以借鉴。这些非药物干预措施虽然严厉，却十分有效。在中国、新加坡和韩国以及其他采取类似严格措施的地区，都取得了良好的防疫效果。这些措施完全可复制。我分享这个故事的初衷就是，给个人、城市和国家提供参考意见，让他们明白如何广泛应用这些措施来遏制病毒传播。

问：戴口罩有用吗？有人告诉我，不要戴口罩。

答：是的，戴口罩有用。否则，医生和护士为什么要戴口罩？

问：效果如何？听说病毒颗粒太小，口罩根本拦截不了。

答：这个问题很复杂。戴口罩效果好坏取决于很多因素，比如大小是否合适，你戴着什么类型的口罩，以及你还配备了哪些其他装备。我有各种各样的口罩，医用外科口罩、活性炭滤芯口罩、带气阀的全脸式面罩和一条纳米纤维围巾。

想象一下，你正身处加拿大的冬天，想要一件加拿大鹅牌羽绒服，但弄不来。但这并不意味着你要拒绝穿毛衣。

确实，新冠病毒颗粒只有 0.1 微米，很多口罩只能过滤 0.3 微米及以上的颗粒。但我们不能由此而简单地推论：戴口罩无法有效保护人的健康安全。病毒微粒确实很小，往往会吸附着在较大的颗粒上，如吸附在呼吸、咳嗽、打喷嚏所喷出的飞沫上，以进行传播。如果你能过滤较大颗粒，就能过滤掉绝大多数微小的病毒颗粒。假如你的肺是个泳池，口罩就相当于游泳池滑梯。如果你能阻止人通过滑梯进入泳池，那么习惯寄生在人体身上的跳蚤想要自己溜进泳池，就没那么容易了。

研究表明，病毒载量不同，病人的症状也不同。戴上医用外科口罩，就能将大部分病毒颗粒拒之口外。即使有少部分颗粒穿过口罩或从侧面钻进你的嘴里，或者眼睛里，也比有人直接对着你咳嗽，把数以万亿计的新冠病毒颗粒直接送进你嘴里好。

如果感染的病毒载量低，你的身体就能适应并打败它，你可能都没啥症状或症状很轻。如果你感染的病毒载量高，就有可能迅速压垮你，并引发严重的并发症。

事实上，在疫情暴发早期，西方媒体不断强调人不应该戴口罩。但最近的报道已经转向，开始讨论“1918—1920 年西班牙流感期间人们戴的那种简易口罩”如何有效遏制病毒传播和减少交叉感染。

问：该如何处理口罩。

答：我会尽量讲点简单的做法。首先，戴好口罩。确保口罩大小合适，尽量贴合面部轮廓。其次，不要摸口罩，也不要把脏手伸进口罩里挠脸。一旦在外面触摸过任何东西，手没擦洗干净之前都处于被污染状态。再次，回家洗手之前，不要摘下口罩。摘口罩时，应用手摘下耳带，不要触碰口罩外表面。丢弃时，要谨慎处理（作为被污染的医疗废物，至少要装进小袋子里，捆起来）。或者将口罩放在靠窗处晾晒 10 天以便消毒；将口罩放在鲜有人走动的地方，以免他人触碰。

我朋友是生物实验室的技术员。他说，在穿脱医疗防护设备时，每一步都要好好洗手。戴着口罩时，不要去人多的地方，也不要随意进出病房。也就是说，不要觉得戴上口罩就可以高枕无忧，就可以放任自流。保持社交距离，保持安全。戴口罩是为了帮你免受感染，但它不是超级盾牌，不能保你免受额外的风险。疫情当前，没有上帝模式。出门就得戴上口罩！如果人人出门都戴上口罩，就能遏制病毒传播。

附录三：包裹消毒程序

我的做法是：戴上手套，在屋外打开包裹，把盒子丢到外面。然后把东西拿进屋，放在人不常走动的地方（一个特别的架子），用配比 1% 的消毒喷雾剂消毒，或者搁上 9 天。然后脱下手套，洗手，流程相当简单。西雅图有一名亚马逊员工已被隔离，不小心做好防护的话，你一夜之间就可能感染新冠病毒。当然，我只是开个玩笑。

附录四：我的消毒程序

你把自己想象成宇航员才能搞得懂这个消毒程序。假装自己是个孩子，地面都是熔岩，空气也可能是有毒的。外出时，你需要特殊装备才能保障自己的安全。你必须学会分区。

以下是速成指南：家是绿区。在家里，你是安全的，摸东西，挠鼻子，都没事儿。对于黄区，你可能不太了解。打个比方，黄区就像是一个开满雏菊的草地，你想在上面打个滚儿。没问题，只要小心点，别吃雏菊就行。在病毒大流行期间，所有公共场所都是红区。当你身处绿区之外时，要小心行事。如果你相信朋友，那朋友家也可能是个绿区。当你从绿区（家）进入到红区（外部世界）时，你得像宇航员一样做好准备。脱下居家服，穿上外出服。把外出服放在鲜有人走动的地方。回家后，脱下外出服。我的外出服是放在门口的一条牛仔裤、一件毛衣或夹克。我知道，这对孩子而言，频繁更衣很麻烦。但严格遵守这个程序，能让你心安，麻烦一点，也是值得的。

一旦穿好外出服，就可以戴上个人防护装备。一位学医的朋友在生物实验室工作。他告诉我，正确的方法是，在穿脱每件物品之间洗手可避免交叉污染。也就是说：戴上口罩，洗手；戴上护目镜，洗手。如果你戴上未受污染的新橡胶手套，可以少洗一次手，但要确保手套里的手是干净的。

在户外时，不要摸脸。如果戴着口罩和护目镜或者全脸面罩，你就不大会摸脸。如果脸发痒，那就太糟糕了。我还见过有人将橡胶手套视为防疫神器，居然戴着手套给婴儿喂饼干。手套能让你的手保持干净，但不是防疫神器。戴上护目镜和口罩，能防止大部分飞沫进入眼睛和口鼻，也能防止你用手接触它们。但要想保证健康安全，主要还是要靠远离病毒和他人。保持社交距离和待在家里是防疫王道。确实需要与他人交流时，如果双方都戴着口罩，那么互相传染的几率就会大大降低。

回到家，要立即消毒。我们站在门口，不让狗靠近。脱下手套、夹克、帽子和护目镜，然后用洗手液和皮肤能承受的最高温度的水洗手一分钟。摘下口罩，里外都喷上酒精；最后，把所有的东西都收起来，再洗一遍手。完后，我还会冲个澡。

附录五：你的抗疫经验：如何应对疫情？（图表）

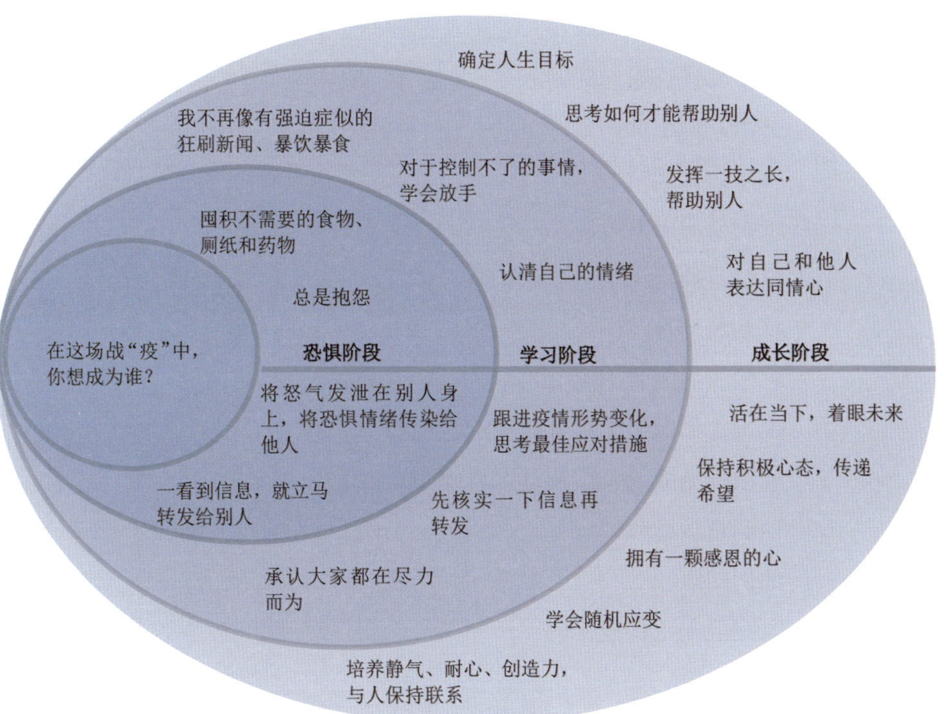

附录六：《隐形的战争》歌词

我们正处于隐形的战争中
与隐形的敌人对峙
我们正处于隐形的战争中
疫情改变了你我的生活
是时候宅在家里了
我们都是家庭卫士
给奋战在抗疫一线的人
献出我们全部的爱
献给护士和清洁工
献给战壕里的医生
献给日托护工
献给药剂师
献给杰出的政治家
正是他们做出了艰难的决定
献给投身战“疫”的首批勇士
他们奋战已久
他们知道
家庭卫士正日夜祈祷
他们知道
为了人类生命安全，我们并肩作战

我们正处于隐形的战争中
与隐形的敌人对峙
给奋战在抗疫一线的人
献出我们的爱，让你自由呼吸
献给长途司机
献给上货的杂货店店员
献给电话接线员
正是他们确保救治热线畅通
献给记者
正是他们告诉我们真相
献给科学家
正是他们努力寻找治疗方法
我们都是家庭卫士
日日夜夜都在传递爱
他们知道
我们都在并肩作战
我们正处于隐形的战争中

售根者乐队成员（左起：丹尼尔·阿什利、王凯、盖伦·阿什利）以主宾身份参加2010年加拿大演变节（王凯母亲摄）

与隐形的敌人对峙
给奋战在抗疫一线的人
献出我们的爱，让你自由呼吸
是时候宅在家里了
我们都是家庭卫士
给奋战在抗疫一线的人
献出我们全部的爱

part
your sleeve.
Alert, bu
not Anx
ves keep your germs t
their germs out of you
LOVECRAFT

戴口罩众生相

后　记（一）

我外婆叫希尔达·格伦尼·拉布罗斯，今年 90 岁，出生在加拿大爱德华王子岛夏洛特镇郊区的农场。她出生那一年是 1929 年，正值西方世界进入大萧条的第一年。她出生后的十年，生活困苦。那时的人们大多学会了“勒裤带过紧日子”，抱团取暖。

外婆记得，她很小的时候就懂得了牺牲精神。那时候，为了维持生计，家里所有的黄油都得拿去卖掉。年幼的外婆眼睁睁地看着父亲埃弗雷特卖掉最后一根黄油棒，而自己却只能干啃面包。有一天，外婆揣着购物单，骑着心爱的马儿——巴尼，跟大人进城采购。到商店门口，老板奥马尔会走出来，把 4 岁的外婆从马鞍上抱下来。奥马尔对着清单，把所列之物一一放进巴尼的褡裢里。每次进城，外婆都很兴奋，因为奥马尔总会奖给她一个新鲜的苹果。后来，外婆家要搬到城里，不得不把巴尼和农场都卖掉。那一天，对于外婆全家人而言，是个伤心的日子。务农无法糊口。在曾曾外祖父母约西亚·科维亚特和安妮·麦格雷戈的帮助下，外婆一家在夏洛特镇安顿下来。新家离卡文迪什很近。在加拿大作家露西·莫德·蒙哥马利的《格林·盖布尔斯来的安妮》一书中，主人公安妮就出生在卡文迪什。

1918 年，上一次全球大流行疾病——西班牙流感登陆加拿大。

1918 年大流感是由 H1N1 病毒引发的流行性感冒，前所未见，杀伤力极大。1918 年到 1920 年间，西班牙流感席卷全球，感染了 5 亿人，造成 5000 万至 1 亿人死亡。死亡人口约占全球总人口的 2.5% 至 5%。大多数受感染者年龄在 20 至 40 岁之间。当时正处于第一次世界大战期间，下战场的士兵将 H1N1 病毒带回西班牙的港口城市，并在平民中迅速传播开来，最后向西传播到世界各地。

造成西班牙流感全球大流行的原因有很多，如缺乏疫苗，救治和隔离不力，卫生部门人心不齐，人体对 H1N1 病毒的抵抗力普遍低下等。随着病毒的蔓延，世界一片混乱。无数护士、志愿者和慈善组织成员，冒着生命危险救治患者，力争让大部分患者及其家属能幸存下来。

先后有三波西班牙大流感席卷了全世界。几乎每一个有人类居住的角落都出现了 H1N1 病毒的身影，它给人类带来了毁灭性的灾难。第一波发生于 1918 年春季；第二波发生于同年秋季，病毒发生了变异，传染性极强、毒性极大、死亡率也很高，占整个大流感期间死亡人数的 90%;第三波发生于 1919 年冬季至 1920 年春季。

19 世纪时期，加拿大曾采取海上隔离的措施，有效阻止了黑死病进入加拿大。而在 1918 年大流感期间，海上隔离却没有奏效。彼时，加拿大还没推出陆上隔离措施，受感染者在加拿大各地来来往往。省市各级政府禁止公众集会，隔离病人，以遏制病毒传播挽救生命。但这些措施收效甚微。随着 H1N1 病毒感染率的增加，健康的工人数量减少。不久后，加拿大经济瘫痪。医护人员队伍损失最惨重。最终，只能靠志愿者、护士、医护人员和好心人，冒着生命危险去探望病人及其家属，提供简单的医疗救治和生存所需的基本物资。

有些人所谓的隔离，听上去更像是聚会，而不是件苦差事。尽管如此，很多人还是很认真地应对大流感，采取了封路或自我隔离几周或几个月的措施。那段日子可真难熬。

2020 年，人类发明了许多新技术，也出现了很多可以打发时间的新鲜玩意儿。但是，与亲人相隔困于一隅，日子其实也挺难熬。

“人并非生来就品行优良。只有通过个人及群体毕生的努力，才能培养出品行优良之人。友谊似乎也是维系群体团结的纽带。”亚里士多德如是说。

在面对像半个世界末日一样的大灾难时，没有人愿意与无所不知的人睡上下铺。所以，即使你“上知天文，下知地理”，也要保持礼貌，这一点至关重要。如果真相已不言而明，你也不能幸灾乐祸。千万别说“我早就告诉过你”之类的话。相反，你要借此机会，与他人加强联系。你可以告诉他们，形势非常复杂。你知道，就他们所掌握的信息而言，他们已经尽力了。你爱他们，想与之共渡难关。这不是追究谁对谁错的时候。你还得与这些人共同生活。形势越糟糕，我们越要以善待人。

当有人对你存有戒心时，你要鼓励他们，赋予他们更多的责任。但你要努力以身作则，以引导他们站出来帮你。提醒他们，我们风雨同舟。

给年轻人，尤其是一小部分年轻人，安排一些有意义的事情，最好是让他们参与长期项目，让每个人都有独处的时间。从长远来看，通过共同努力和分担责任，你会与他们的心靠得更近。

多听少说。用行动而非语言来证明，你是正直之人。别慌张，也别问为什么，这会让人对你生出戒心。但你可以问，他们想要什么，对他们而言，什么最重要，怎么做才能改变他们的想法，去寻找黑天鹅。总有某条信息可以加深你对该问题的理解，它也往往是解决冲突的关键所在。所以，你要提很多问题，打破固有思维方式。保持尊重和同理心，管理你和他们的心理预期，可以让你走得更远。

这也许是开辟花园的最佳时机。

后　记（二）

雪夜朦胧。时间像雪花一样，飘落在我贪婪的舌头上。我们驾着车，越过加美边境，横穿美国印第安纳州，向伊利诺伊州奔去。风雪夜行的我们，就像置身于科幻电影里的外太空。

“白茫茫一片，啥都看不清，兄弟。”戴维说，“我觉得自己像只毛茸茸的金丝雀。”

他的手紧握着方向盘，手指关节都发白了。但他还是面带微笑。

“现在谁才是疯疯癫癫的土老冒儿？”我笑道，打开两罐苏打水。

“密歇根湖东会有超级暴风雪。”戴维说道，以说服自己闯过眼前这个难关。

我点头，说道：“湖水效应。”

“妈的！”他意味深长地看着我，“要不要靠路边停会儿？”

“你决定吧。不过，我觉得今晚雪不会停。要不我们冲过去？”

“这雪有点吓人，兄弟。”戴维说。他眼睛睁得溜圆，仔细张望着。

“我能未卜先知，兄弟。”我说。他冲着我的脸，不屑地挥了挥手。时间过得真快，已是凌晨 3 点。“我是认真的，我们会没事的。”

戴维抿了一口苏打水，把收音机的音量调大。雪落在潮湿的挡风玻璃上，变成了冰。他开始唱歌。我们的车滑行过神秘的时空。

“今晚的星星奇怪而美丽。”他一边跟着收音机唱，一边望向后视镜，看看后座乘客的动静。后座上，乘客樱桃色的口红，闪亮的发胶，在迎面驶来的车灯光里闪闪发光。“在你头上跳舞。”他像个老情人一样，低声唱着。在这个典型的夜晚，戴维用心唱着，以吸引车内观众的注意力。虽然观众人数屈指可数，但是这几个观众挺不好糊弄。

我深深地抿了一口冰冷的苏打水。戴维唱到第二句的时候，我也跟着和了起来。

“在你的眼里。”我搂着戴维的肩膀，就像是足球场上的兄弟，一起唱起来。戴维使劲向左打轮儿时，苏打水洒在了他的毛衣上。

“我看见了那个完美的世界。”我们高唱着，陷入了寂静之中。在后座的人，自个儿醒了过来。

“希望这听起来不会太奇怪。”戴维啜苏打水时,我继续唱着歌。风呼啸而过，把车子吹得直向左后方偏，如同有子弹在另一条车道上飞驰而过一样。

戴维笑逐颜开，了然于心。

“我想让全世界都知道，我只需要你的爱。”唱着唱着，我就跑调了，戴维皱了皱眉，还好我又跟上了节奏，我们一起唱完了那首歌。

他把音量提高了两度。在高速公路的灯光下，他的指节看起来是粉红色的。

“我所需要的一切……”他的一只胳膊搂住我的肩膀，把我拉过去。我和他跟着音乐节奏，像兄弟般拥抱着彼此。车窗敞着，强风穿窗而过。车被风搡着，在路面上滑行，几乎要飞了起来。

转弯的时候，坐在后座的劳拉抬起头，惊慌失措。看到我们这对傻瓜，她笑了，揉了揉眼睛，拿起了我的苏打水。

“哦，蓝色牛仔乐队。”她瞥了一眼收音机，说道，“那是戴维老爸的乐队。”她看了看镜子，又看了看我们这对二傻。

查莉哼了一声，白了我们一眼，好像我们在耍新把戏。从唱歌伊始，她都不给戴维面子。冲动之人很难容忍傲慢之人。但我们尽可能表现得温暖如昔，以期焐热她冰冷的心。

厚重的雪扑落在引擎盖上，变成冰，粘在一起，严重影响了能见度。我们只能将就着前行。

我转过身，笑得像个傻瓜。查莉笑了，劳拉也咧嘴笑了，就像《爱丽丝漫游奇境记》里的柴郡猫一样。大家一起唱起来，声音如水晶般清透，如天使般空灵。

“如果我们迷失了，
那就一起迷失吧！
是的，如果我们迷失了，
那就一起迷失吧！”

我们从右边的出口下了高速公路，在黑夜里继续前行。

“站在不知名的人群面前
我想知道，为什么自己
要费如此大的劲儿被人操纵
跌跌撞撞地闯过一场又一场灾难
以前我就曾多次听过
如今，对我而言只不过是梦一场
对我而言 只不过是梦一场
如果我们迷失了，
那就一起迷失吧！
是的，如果我们迷失了，
那就一起迷失吧！

在这寂静的夜晚 适合低语倾诉

我只听你的呼吸声

流星落下那一秒

我才明白 一切自有安排。”

来自蓝色牛仔乐队的《一起迷失》